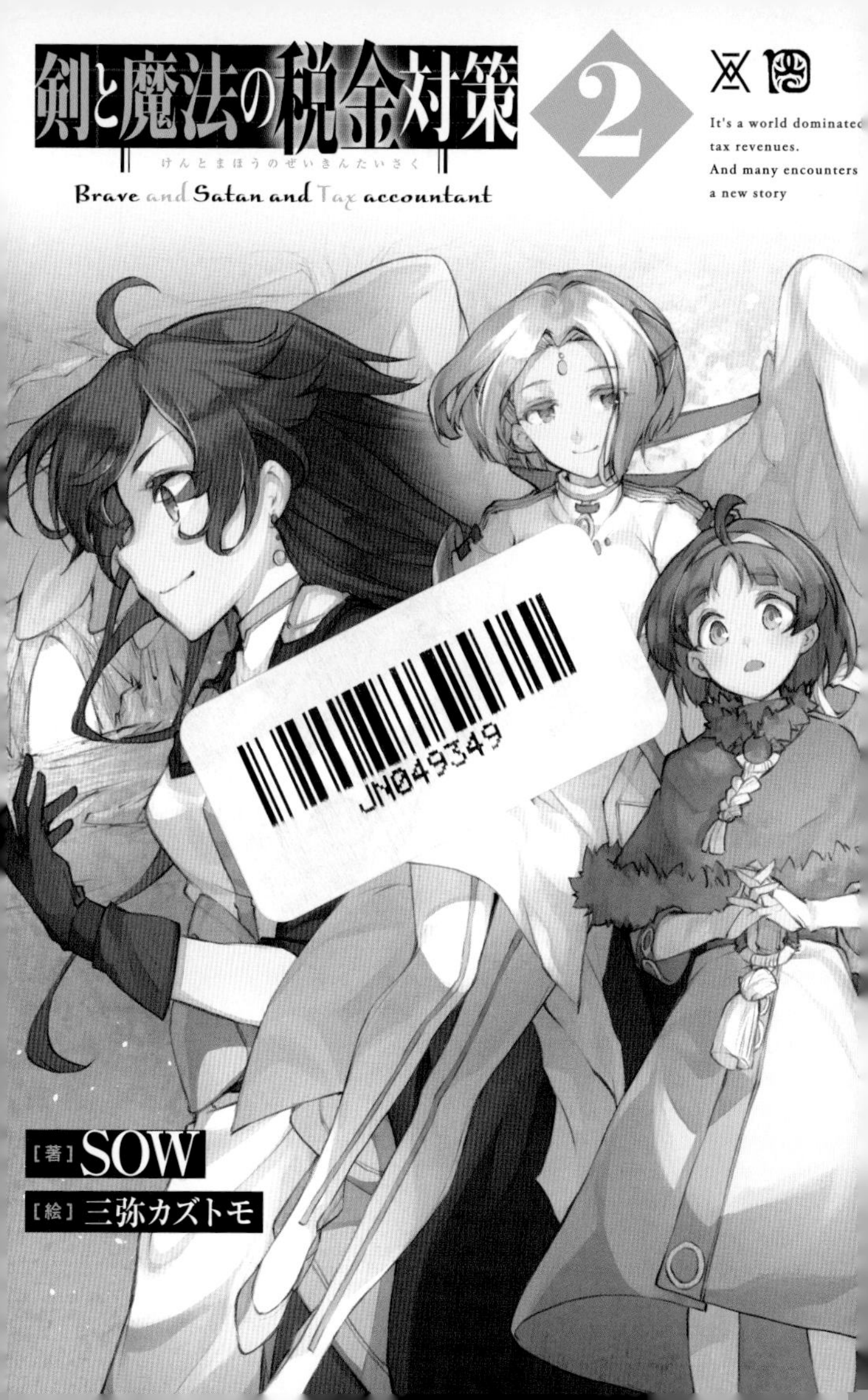

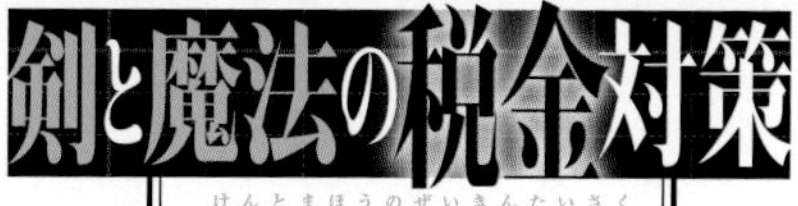

剣と魔法の税金対策
2
けんとまほうのぜいきんたいさく
Brave and Satan and Tax accountant
It's a world dominated
tax revenues.
And many encounters
a new story
[著] SOW
[絵] 三弥カズトモ
JN049349

クゥ・ジョ
世界最後の
“ゼイリシ”の少女。
「うわぁ……」
口と目を開き、
何も言えなくなるクゥ。
「これは……」
その光景に圧倒され、
息を呑むブルー。
「あひゃひゃひゃひゃひゃひゃひゃ!!」
そして、喜びすぎて、ちょっとなにか
タガ的なモノが外れかけているメイ。

ブルー・ゲイセント
魔族領を治める魔王。
メイの夫。
お金が足りない。
そこにあったのは、
まさに金銀財宝の山であった。
メイ・サー
人類種族最強の勇者。
ブルーの妻。二つ名は“銭ゲバ”。

「そうだ！
一緒にお風呂に入りましょう！
せっかくだし、
隅々までキレイにして、
明日ブルーさんに
挨拶に行きましょう！」

「ブルー？」

「ええ、この城の一番偉い人です、
いい人ですから、
きっと友だちになれますよ」

イリュー

「死の砂漠」で
クゥが見つけた少女。

「納税とは、命令や強制を
すればいいものではありません。
理想は、『納得して納めていただく』です」
ゼオス・メル
“税”を司る天使。
その存在は脱税を許さない。

そして、
ほんの少しだけ頬を緩め、
メイに問いかけた。
「ご納得、
いただけましたか？」
「……！
ははっ、上々よ」
肩をすくめ、メイは応じる。

Contents

けんとまほうのぜいきんたいさく

It's a world dominated by tax revenues. And many encounters create a new story

剣と魔法の税金対策

Brave and Satan and Tax accountant

けんとまほうの
ぜいきんたいさく

[著] SOW [絵] 三弥カズトモ

It's a world dominated by
tax revenues.
And many encounters create
a new story

前がたり

全ては、些細（ささい）なキッカケから始まった。

「我に従えば、世界の半分をくれてやろう」

「え、ホントマジ！」

「えええ!?」

とある世界の話である。

魔王がいて、それを倒さんとした勇者がいた。

よく聞く話である。

しかしこの勇者、超のつく銭ゲバであり、世界の半分目当てに魔王退治をやめてしまう。

困ったのは魔王であった。

ただ慣例に従って、魔王らしいセリフで決めようとしただけだったのに。

しかし、一度言ってしまった言葉は翻（ひるがえ）せない。

かくして、勇者と魔王の戦いはこれにて終結——と思ったが、そんな勝手が許されるほど、世の中甘くない。

「世界の半分をもらうのでしたら、贈与税が発生します」

突如降臨したのは、税金の天使だった。

この世界は、至極ありふれた世界であった。

ただ一つ、世界の根幹を、〝税〟が司ること以外は。

絶対神アストライザーの名において定められた掟〝ゼイホウ〟に基づき、納税を迫られた勇者と魔王。

その巨額の徴税に対抗するため、古のジョブ〝ゼイリシ〟の力を求めた。

天界と下界、天使、魔族、人類を巻き込んだ壮大な激戦の末、悪夢の〝カクテイシンコク〟を乗り越え、ついに、世界はあらたなる一歩を進み始める。

しかし、その道はまだ、順調とはいい難い、茨の道であった……

序章　その一

黒字倒産

Brave and Satan and Tax accountant

「かねがね金がねぇ!!」

ここは、大陸の半分を制する魔族領の奥地、魔族の本拠地魔王城。

しかし、そこで叫び声を上げたのは、魔族ではなかった。

「なんでこうも真っ赤なのよ～。赤インク足りないわよ、買い足しに行ってきて！」

声を上げたのは、人類種族の勇者メイ。

「ええ～、またかい？　ついでにお菓子と飲み物買ってこいとか言うんだろどうせ」

彼女に言われ、情けない声で返したのは、こちらは魔王のブルーであった。

「黄色いラベルのドリンク買ってこいとか、無茶なリクエストするんでしょ」

「そんなことしないわよ。いや、したっけ……」

「昨日したよ、されたよ」

魔族を統べる大首領のはずのブルーだが、日々、メイによってパシられている有様であった。

「もう少しキミもさぁ、こっちが気持ちよくパシリに行けるようにしてくれまいか？」

「なによ、からむわね。態度が悪いってＮの？　どうお願いしろっていうのよ」

「そうだねぇ」

不機嫌そうな顔のメイに、腕を組みながらブルーは考える。

「のどが渇いたの、なにか飲み物買ってきて、ア・ナ・タ、とか？」

しなをつくって小芝居かますブルー。

「…………………」

その姿に、顔を真っ赤にし、かつ鋭すぎる眼光で睨むメイ。

「そうね、お願いの仕方が悪かったわね……」

ゆらりと、右手を上げる。

その手のひらに、凄まじい量の魔力が凝縮している。

詠唱もなしに、ここまでの力を励起させるのは、さすが人類種族最強の〝勇者〟と言わざるを得ない。

「いいから黙って行って来い!!」

「メイくん!?」

直後、メイの手のひらから放たれる、最大出力の攻撃魔法。

その爆発と光は、魔王城から数キロ離れた地点からも目撃されたという。

「ったく、もう……」

ブルーの形に開いた壁の穴を見ながら、メイはつぶやく。

顔を少しだけ赤らめながら。

「一体なんの音ですか!?」

「あら、クゥ」

轟音を聞きつけ飛び込んできたのは、魔王城顧問〝ゼイリシ〟の、クゥであった。

先の一件から後も、彼女は魔王城の経理一切を担当し、財政再建にあたっていた。

「別に、ブルーがまたバカなこと言うもんだから、ちょっと爆熱系高位魔法をぶっ放しただけよ」

「なぁーんだ……って、いやいやいや!?」

あまりにも、「なにか問題でも?」という顔で言われたものだから、クゥも思わず乗っかってしまうが、慌ててツッコんだ。

「ブルーさん……死んでないですよね……?」

メイの放った魔法は、「城塞破壊級」と称されるほどで、その気になればちょっとした小城なら跡形もなくす威力を持つ。

「大丈夫よ、腐っても魔王だし」

「それ理由になります?」

常人ならば消し炭も残さず消えてなくなる威力の魔術である。

悪びれる様子のないメイに、クゥは呆れた顔になった。

「大丈夫だよ、腐っても魔王だし」

「わぁびっくりした!?」

そこに、いつのまにか戻ってきたブルーが、陽気な声をあげながら笑う。

当人の言う通り、マントや衣服の端々がちょっと焦げているが、総じて大したダメージは負っていない。

攻撃魔法でふっとばされたにもかかわらず、すぐに復活してここまで戻ってきたのだ。

「だから言ったでしょ。そいつへのツッコミなんて、これくらいやらないと通じないのよ」

「城塞破壊級の魔法がツッコミ……」

二人の次元の違うやり取りに、常識の枠内の肉体でしかないクゥは、ただただ呆然（ほうぜん）とする。

「なぁにクゥくん、心配しないでいいよ。僕の体の頑丈さもあるが、メイくん、かなり手加減してくれてたし」

「そうなんですか?」

人類最強の勇者であるメイ、魔族の王であるブルー、いうなれば両種族のトップクラスの戦闘力の持ち主である。

あまりにも違う次元の基準は、クゥには判断不能であった。

「そうなんだよ、メイくんは、なんのかんの言ってやさしいから」

「あ、なるほど」

だが、メイが、日頃口は悪くとも、人の心のわかる、やさしい人物であるということは、クゥにもわかった。

「だから最近だと、殴られたり蹴られたり攻撃魔法ぶちかまされたりしても、むしろそれはメイくんなりの愛情表現なんじゃないかなぁと思って、ほほえましい気持ちになるくらいさ」

「それもどうでしょう」

嫌味でも皮肉でもなく、心から愛おしげに笑うブルーに、クゥは苦笑いする。

「いやいやホントだって。この前だってメイくんね――」

「ブルー？」

とっておきの「僕の知っているメイの可愛いところ」を話そうとしたブルーであったが、その後頭部をメイがわしづかみにする。

「ブルー……アタシのことそこまで理解してくれて嬉しいわ」

「いやいやなにを言っているんだいメイくん、僕とキミとの仲じゃあないか」

「そうね、だからもう少し甘えさせてもらうわ」

「はっはっはっ、どんと来いだよメイくん。ただそれはそれとして、握力強くないかな？　ちょっと頭蓋骨がきしみだしたよ」

「そぉれ」

「わぁ！」

わしづかみにしたまま、メイは思いっきりブルーをぶん投げた。

投げた先がちょうど、先程のやりとりで開いた穴であり、再びブルーは落下していく。

「こっ恥ずかしいこと言ってんじゃないわよ……バカ！」

いいながらも、再び顔を――それどころか、今度は耳まで赤くしているメイ。

「ありゃりゃ～」

そんな二人を、呆れたように、それでいてちょっと微笑ましく、クゥは見ていた。

（新婚さんなのになぁ……）

メイとブルー、勇者と魔王にして、つい先ごろ、神の名のもとにおいて、永遠の愛を誓いあった二人である。

まさに新婚夫婦。

世間一般なら、余人の入る隙間もないほど、熱愛の中にあってもいい頃だ。

（でも、お二人らしいかな）

だが、世間様とはちょっと違うこの二人なのだから、これくらいの方が〝らしい〟とも思ってしまった。

（それに、メイさん、どっかでブルーさんに甘えているだけなのかもしれないし）

メイの力は人類最強である。

いや、人類のみならず、魔族を相手にしても、彼女が劣る相手はそうはいない。

なにせ、ドラゴン相手にも素手で圧倒できるのだ。

そんな彼女が〝甘える〟となると、これくらいになってしまうのだろう。

「クゥ、なに考えてんのよ？」

「あ、いえ、なにも！」

メイに言われ、慌ててクゥは言い繕う。

「えっと、あ、そうだ！　実はですね！」

そして、大急ぎで話題を変えた。

「ちょっと……大変なことが起こったんです」

「ん？」

打って変わって沈痛な表情になるクゥに、メイは不思議そうな顔で返した——


今から一月ほど前の話である。

「世界の半分」を手に入れるために、仮面夫婦となった魔王ブルーと勇者メイ。

世界の根本原理〝ゼイホウ〟に基づいての課税逃れのためであった。

その結果、「納税に疑義あり」と天界に目をつけられ、税天使ゼオスによる税務調査を食らってしまう。

古のジョブ〝ゼイリシ〟たるクゥを仲間にした二人は、大陸全てを巻き込む壮大な税金対策の果てに、ついに追徴課税一兆イェンを免れた。

　だがしかし、それは、壮大な試練の、序章でしかなかったのだ。


「お金がないんです」

「んなもんいつものことじゃない」

　重大事とばかりに言うクゥに、メイはさらっと返す。

「この城、ホントにお金ないじゃない。もう笑えるレベルで」

　魔王城には金がない。

　金がなさすぎて、外敵対策のための各種トラップは大半が機能不全となり、宝物庫は蜘蛛（くも）の巣が張っている有様だ。

　なにせ、無数にある城内の部屋の中で、雨漏りせず、隙間（すきま）風も入らない部屋のほうが少ないほどだ。

「あんまりにも壁とか穴だらけで、日差しが入っちゃうから、ヴァンパイアとか、アンデッド系魔族から困るって陳情が入ったくらいよ」

「それもなるべく早く対処したいとは思っているんですけどね～」

　城の経理を預かるクゥ。

　彼らの受難もよく知っているので、できるだけ対処したいと思っていたが、それを可能とする予算がないのが現状であった。

「でも、今回は事情が違うんです」

「どう違うんだい？」

真剣な顔のクゥに、再び戻ってきたブルーが問いかける。

「ほんと頑丈ねアンタ」

「とはいえ何度もやられるとさすがにきつい」

感心した顔のメイに、ブルーは少し苦い顔で返した。

よく見れば、仕事着である全身甲冑（かっちゅう）の端にヒビが入っている。

「今回の〝お金がない〟は、その……支払いができないんです」

「支払い、というと……開発特区かい？」

「はい」

ブルーの言葉に、メイは首を縦に振った。

開発特区――それは、現在魔族領において、財政改革の目玉となっている産業振興のための開拓地である。

今の今まで、ろくな産業がなかった魔族領に、人類種族から技術や人材を招致した大規模な新規事業のための、特別区域であった。

限定的ではあるものの、魔族と人類種族が、ともに共存共栄の道を歩めるかもしれない、可能性の箱庭でもある。

なのだが――

「その特区のために、多くのお金を使いました。特区そのものだけでなく、その周辺にも」

産業を起こすには、ただ単に、その事業にかかる設備や施設を用意すればいいわけではない。

「一つの街を新しく作ったようなものですから、道路や港、他にも生活に必要な各種インフラを整えたんです。思った以上にお金を使いました」

先の天界からの税務調査を凌ぐため、魔王城は国家予算の倍近くをつぎ込み、「将来世代への投資」として、借金までして特区を作ったのだ。

故に、決算がマイナスなのは当然。

「でも、この投資は必ず返ってきます。長い時をかけて、みんなを豊かにするはずです」

今まで放置されていた魔族領の豊富な資源を有効活用するこの政策。

短期的な収益ではなく、長期的な利益をもたらすはずである。

だがしかし、それ故に困ったことになっていた。

「まずその前の運営資金が底をつきかけているんです」

「なんと！」

クゥの重い言葉に、ブルーが声を上げた。

「運営資金か……なにをするにもお金がかかるしねぇ」

新たな事業を起こすにしても、その原材料や加工や流通には、莫大(ばくだい)なお金が必要となる。

ましてや、始めたばかりで、軌道に乗る前はなおのことなのだ。

「さしあたって、取引先への支払いが滞りかけているんです」

魔族領でしか採れない特産品を、人類種族領に輸出する。

そのためには、魔族領にはない技術や材料で加工をしなければならない。

原材料のみの輸出よりも、その方が遥(はる)かに利益は大きいのだ。

同時に、魔族領に多くの技術を根付かせ、産業基盤の底上げもできる。

しかし、そのためには相応の対価を支払う必要があったのだ。

「このままじゃ、黒字倒産になっちゃいます」

「クロジトーサン？」

「ええっとですね」

キョトンとした顔のメイに、クゥは説明しようとする。

「待って、たまには自分で考える!!」

クゥに、しょっちゅう難しい用語の解説をさせていることに後ろめたさを持つメイは、この状況を打破せんと声を上げた。

「ええっとね」

腕を組み、しばし考える。

「クロジトーサン……黒地が父さん……白地はお母さんなわけよね？」

しかし出てきた言葉は至極残念であった。

「クゥくん、説明お願い」

「はい」

こりゃいかんとさじを投げるブルーと、淡々と従うクゥ。

「そんな顔しないでよう～」

「メイくん、人には向き不向きがある。気にしないでいい」

「優しくしないでぇ～」

知的労働の戦力として期待されない現状に、メイは涙ぐむ。

「ええっとですね……黒字倒産というのは、一言でいうと、儲かっているのにお店が潰れてしまうことを言うんです」

「なんでよ、儲かってんでしょ？」

クゥの説明に、メイは首をひねる。

常人の感覚ならば、「お店が潰れる」――倒産とは、商売がうまくいかないから起こるものであると、誰もが思うだろう。

しかし、そうでない時というのがあるのだ。

「メイさん、例えばですね。りんごを売っているとしましょう。千個売れました。大儲けですよね」

「完売御礼ね」

「でも、その支払いが、三か月後だったら、どうしましょう？」

「そりゃ……待つしかないでしょ？」

「でも、りんごを仕入れた農家には、明日代金を払わなきゃいけないとしたら？」

「え……？」

これが、黒字倒産の簡単な仕組みである。

要は、「利益は確実に出るが、その前に、その利益を出すためにかかった費用を賄えなくなる」状態を指すのだ。

「開発特区で生産される物品に関しては、多くの国々や、商業ギルドと契約を交わし、出来上がり次第購入していただく算段になっています」

しかし、多くの作物も、その加工品も、まだ試作段階なのだ。

これが、事業を起こすことの経済的な面での難しさとも言える。

どれだけ有用な事業を始めようとしても、安定し、軌道に乗るまでの運転資金まで含めて、初期費用を用意しなければならないのだ。

新規事業者の多くは、それに耐えきれず、廃業に追いやられる。

「なにか、手はないのだろうか？」

ブルーに問われ、クゥは難しい顔をした。

「こういうとき、人類種族なら、手形を発行し、仕入れ代金に代えるのですが……」

手形とは、記入された額面と同額の価値を持つ書面である。

一種の、有価証券といわれるものだ。

この有価証券を、第三者に発行してもらい、現金の代わりに取引先に渡す。

取引先は証券を第三者に現金化してもらい、支払いを完了させる。

こちらは、お金が入ってから、あらためて証券の額面を第三者に支払う。

こうすることで、支払い時に手持ちの現金がなくとも、取り引きを果たせるのだ。

「ただ問題は、こういう場合に間に立ってくれるのは、基本的に銀行なんですが……魔族と取り引きのある銀行って、ないんですよね……」

「なるほど……」

人類種族領ならば、官営私営問わず多くの銀行があり、手形取引の仲介を担っているが、魔族領はつい最近まで人類種族領とはほとんど交流がなかった。

「手形が切れない以上、現金で支払うしかないんですが……手持ちの現金がないんですよね」

「ああ、お金がないって、そういうことだったのね」

ようやく、メイも事態の意味を理解する。

クゥの言う「お金がない」とは、「資金不足」の意味ではない。

純粋に「手持ちの現金が足りない」ということなのだ。

「支払期日が迫っています。ここで返済を先延ばしにしたら、信用問題となり、今後の取り引きにも影響を及ぼしかねません」

心配げな顔のクゥ。

魔族領の開発事業は、まだ始まったばかり。

人類種族領側の出資者たちも、まだ半信半疑の者が多い。

「ここで〝なにか問題がある〟と思われれば、いろいろと面倒になるよね」

「はい……」

クゥは、ブルーの言葉に、寂しげにうなずく。

ブルーにも、事態の深刻さはわかっていた。

取り引きにおいて、信用は重要だ。

相手が「正しく約束を守る者」か、信用の構築は長い時間をかけて行われる、「形なき資産」なのだ。

「信用のない相手には、相応の態度で接するしかないからねぇ……」

相手が約束を正しく守らない可能性があれば、それは取り引き条件に反映される。

高額をふっかけられる、安く買い叩かれる。

こちらに不利な条件を結ばされる可能性がある。

「要はつまりさぁ、支払いのためのお金があればいいんでしょ？」

「まぁ、そうだねぇ」

憤然とした顔のメイに、ブルーは返す。

「お金がないなら作ればいい！　簡単な話よ！」

「と言いますけどメイさん、どうするんです？」

胸を張る彼女に、クゥは尋ねる。

メイの言う「作る」は、貨幣や紙幣を発行するという意味ではない。

どこかから調達するということだ。

人類種族領の銀行からは融資を得られず、魔族領には銀行はない。

「城じゅうひっくり返せば、そこそこのお金くらいあるでしょ！」

「そっちですか」

メイのアイディアは至極シンプルなもの——「かき集める」であった。

「んじゃさっそく行ってくるわ！」

言うやいなや、メイは部屋を飛び出していった。

「うまくいきますかねぇ………」

「どうだろうねぇ………」

残されたクゥとブルーは、ともに心配げな顔になる。

行動力の旺盛さは、間違いなく、メイの長所である。

だが、考えるよりも先に行動するのが、メイの短所であった。

「全員集合！　金をよこせ！」

数分後――メイは魔王城内に号令をかけ、城詰めの魔物たちを一堂に集めると、笑顔で宣言した。

「「「すごいこと言い出した!?」」」

そのすごい直接的かつ広範囲なカツアゲのようなセリフに、呆然とする魔族たち。

「おいおいどうすんだよ、勇者サンがなんか始めたぞ」

「すげぇな、あんな堂々と金よこせって言う人みたことないぞ」

「『ちょっとジャンプしろよ』とか言い出しそうだな」

勇者と言えば、魔王の最大の敵。

魔族にとっては最大の仇なのだが、いかんせん彼女は強烈な個性によって、あだ名として「勇者サン」と呼ばれはするが、敵対意識はもはやかすれてしまっていた。

というか、塗り替えられてしまっていた。

「ぐだぐだ文句言わない！　お金がないと魔王城潰れるのよ！」

呆(あき)れる魔族たちに、メイは先程のクゥとの会話内容――このままでは「黒字倒産になる」ことを伝える。

とはいえ、彼女の理解も半分程度なので、「現金が必要」という部分のみ伝わった。

「とりあえず、持っている現金全部徴収！　安心しなさい、ちゃんと後で返すから！」

メイとて、本気でカツアゲしようなどとは思っていない。

一時的に借りて、あとで返す気ではあった。

「…………え～」

しかし、日頃の信用がものを言った。

「な、なによその目」

さすがのメイも、数百人単位の魔族たちの、不審げな目を前にすれば、躊躇(ちゅうちょ)もする。

「なんかなぁ……信じられねぇよな」

「後で絶対返すって言われてもなぁ……」

「日頃が日頃だからなぁ」

魔族に銀行制度はない。

しかし、彼らの目に浮かんだ疑念は、人類種族領でよく行われる、「貯金しといてあげるから！」と言ってこづかいを取り上げる母親への、子どもの目に似ていた。

「くっ……自覚はあったが、ここまで信用がないとは！」

念のために言っておくと、メイは決して、魔王城の魔族たちに嫌われているわけではない。

魔族であろうが人類種族であろうが、かまわずぶっ飛ばす彼女は、逆に言えば「いかなる種族でも変わらぬ態度で接する者」でもある。

その面では、メイは信用されていると言える。

だがしかし、それと、「金銭的な信用」は別物であった。

「でもなぁ、勇者サンなぁ……」

「貸したら返してくんなさそうだし……」

「返してほしければアタシを倒してみろ！　とか言いそうだし……」

ボソボソとこぼす魔族たちの反応こそが、「取り引きには日頃の信用が大切」という先程のクゥとの会話の趣旨を、如実に表していた。

「とにかくお金が必要なのよ！　城中ひっくり返してでも、金目のモンもってこーい！」

「わー。勇者サマがキレた！」

メイに怒鳴りつけられ、並み居る魔族たちは、童（わらべ）のように恐れうろたえる。

「キレてない！　アタシがキレたらこんなもんじゃないわよ！」

言いつつも、メイの顔は迫力に満ちていた。

「それともぉ？　ホントにキレさせたい？　火の七日間起こしたい？」

ニヤリと不敵に笑うメイ。

笑顔は時に、憤怒の表情よりも、見る者に恐怖を与える。

「なんだかわからんが、やばそうな響きだ!?」

「しょーがねぇ、みんな、とにかく言われたもんかき集めるんだ！」

「おー！」

魔族たちは、それぞれめいめいに城中に散り、指示されたモノを探しに向かった。

「ったく、最初っからそうすりゃあいいのよ」

「キミは本当に僕より魔王っぽいなぁ……禅譲したくなる」

ふんと息を吐くメイに、一部始終を陰から見ていたブルーが呆れたような感心したような顔で言う。

「ちょっと乱暴がすぎるかと……」

同じく現れたクゥも、さすがにフォローしきれなかった。

「無茶しないでなんとかなるなら、アンタがあんな青い顔するわけないでしょ」

しかし、メイはメイで、ただ暴君じみた行いをしたのではなかった。

「アンタやブルーがやったら、いろいろと遺恨が残るでしょ。アタシはいーのよ、いつものことだし」

組織というものをまともに運営するには、「言い出しにくいことを言う」憎まれ役が必要となる。

だがそれは、組織のトップが行ってはならない。

そうなれば、求心力が失われ、瓦解を早める。

この場合最適なのは、「組織のトップすら苦労させる」存在。

まさに、「魔王の鬼嫁」なメイは最適のポジションだった。

「まぁ、〝魔王すら尻に敷く妻〟だしねぇ」

「なんか言った？」

「いえなにも……」

ぼそりと呟くブルーを、メイはギロリと睨む。

「でも、上手くいくんでしょうか……魔王城に、そんなお金になるものってありました？」

「うーん、どうだろうねぇ。歴史は長いから、物置とか探せばいろいろ転がっているだろうけどね」

クゥの質問に、ブルーは腕を組みつつ思案する。

「んじゃ、アンタはそっち探して。アタシは他を当たるから」

「他ってなに？」

そんな彼をよそに、メイはさらに不穏な笑みを浮かべた。

「お金になるのはモノだけじゃないのようふふふふ」

「なんかやな予感がするなぁ……」

その予感は、おそらく的中するだろうと、ブルーは思った。

数時間後――

「勇者サン！　持ってきました」

「おーしご苦労」

魔王城大広間には、城内の魔族たちが持ち寄ったあれやこれやのブツが山積みとなっていた。

「なにを集めたんです……？　これって……」

「角とか爪とか牙とか、あと鱗に羽、蛇系の連中の抜け殻とか、海洋系の連中の貝殻っすね」

その一つを手にとったクゥに、魔族の一人が説明する。

「こんなんどうするんスか？　ゴミっすよ」

メイに問いかける魔族。彼らからすれば、これらは不用品である。

まとめて城外のゴミ捨て場に放り捨てるようなものばかりだ。

「ばーかねアンタら、こういうのけっこういい値になるのよ」

だがそんな彼らに、メイは笑いながら返した。

「特定の魔法薬の調剤なんかに珍重されるものもあれば、他の野生動物のものに比べて質が上等なものもあるし。他には調度品や工芸品の材料にもなるのよ」

「マジかよ人類パネェな」

メイの言葉に、魔族たちは驚く。

彼らからすれば、〝こんなもの〟まで利用する人類種族の貪欲さは、驚嘆に値するものなのだ。

「例えばこのベヒモス種の牙とか、人類種族領じゃ象牙よりも高級品よ」

「そんなのなんに使うんです？」

「そうねー……ハンコとか？」

人類種族領では、長らく野生動物の角などを用いてハンコなどに加工していたが、乱獲が過ぎたため、とくに象などは狩猟禁止となっている。

売買も禁じられている場合があるが、当然だが魔物であるベヒモス種は法の適用外……すなわち合法で売りさばけるのだ。

「わっかんねーなぁ人間って」

事情のわからぬ魔族たちには、クビをひねる話であった。

「意外なところにお金になるようなモノが眠っているもんよ。例えば……これ見なさいよ」

そんな彼らに、メイはわかりやすい例を示そうと、ポケットからなにかを取り出した。

「なにそれ？　宝石？」

ゴブリンの青年が、興味深そうに見つめる。

彼らはこういった、珍しい宝石などが大好きなのだ。

「ガラス玉よ。人類種族領じゃ、10イェンもしないわ」

「ウソだろ!?」

だが、メイの言葉に、驚きの声を上げる。

「ホントよ、ほしけりゃやるわよ」

「銭ゲバの勇者サンがくれるってこたぁ……ホントに、価値のないものなのか……」

「そういう判断方法は腹が立つわね」

魔族領にもガラスの製造方法は存在する。

しかし、それは人類種族領のそれに比べ、遥(はる)かに技術レベルは劣る。

なにせ、魔族領の中心地である魔王城でも一部の区画のみにしか使用されていない程度の生産量で、その製品も、濁った透明度の低い粗悪品なのだ。

「人類種族領では子どものおもちゃレベルでも、アンタたちからすれば宝石に見えるってことよ」

これこそ、魔族たちからすればゴミ同然の代物が、人類社会では高額取引されるからくりであった。

「こういう地域の価値観の違いってのを利用すれば、けっこう小銭稼げんのよ」

「メイさん、そういうのどこで憶えたんです?」

得意げなメイに、感心しつつクゥが尋ねる。

「そりゃまぁ路銀稼ぎにあっちこっちで……」

勇者といっても、霞を食って生きているわけではない。

様々な形で活動費用を得ている。

多くは国家や貴族、商人や神殿などを出資者としているが、フリーランスの勇者となると、日々の生活費を得るのも一苦労なのだ。

「そういやぁさぁ……羽むしられたり、牙折られたりした魔物の被害が相次いだ時期があったよな……」

「ああ、暗闇から気配もなくいきなり襲われて……夜間の独り歩きは気をつけましょうって、回覧板来たな」

「もしかして……」

ささやきあう魔族たち、その視線は、メイに注がれる。

「さてこの勢いでどんどんいくわよー！」

あからさまにそれから目を背けるメイ。

「ごまかした」

「ごまかしたな」

「いいからさっさと集める！」

なおもささやきあう彼らに、メイは怒声をぶつけた。

　そして――

　所変わって、魔王城倉庫。

　今度はそこにいたブルーのもとに、クゥは訪れる。

「ブルーさん、なにしてらっしゃるんですか？」

「うーん、なにがあるんだろうと困っているところさ」

　メイと同じく、「なにか現金に換えられそうなもの」探しをしているブルーの様子を見に来たクゥに、彼は答える。

「すごい、その……」

　クゥの前にひろがっていたのは、うずたかく積もったガラクタの山。

　一歩前に進むことすらかなわないほどに、様々な有象無象のブツが積まれていた。

「ゴミの山だろう」

「いえいえいえそれはさすがにその！」

　自分の心中をブルーに見透かされ、クゥは慌てて否定するが、それは残念ながら、本心であった。

「いやぁ、無理しなくていいよ。もう百年くらいまともに掃除していないからねぇ。僕もなにがあるのかよく知らないんだ」

（財政もそうなんだけど、細かな管理とかが、どれもザルでどんぶり勘定なんだなぁ……）

魔王城に来てから数か月のクゥだが、それでも強く実感したことが、魔族は総じて「いいかげん」な体質ということだった。

「魔王様、金目のものが入っていそうな箱がございました」

「うわ！」

困った顔になっていたクゥの前に、ガチャガチャと金属音を響かせ、全身鎧（よろい）の男が現れる。

「おお、これは申し訳ございません。驚かせてしまいましたか」

「あの、えっと、あなたは……？」

驚くクゥを前に、全身鎧の男は、申し訳なさそうに頭――兜（かぶと）の後ろ部分をかいた。

魔王城の中にいるのだ、当然彼も魔族であろう。

そして、魔族でも鎧をまとう者はいる。

魔王のブルーからして、仕事着は髑髏甲冑（どくろかっちゅう）の全身鎧だ。

「リビングメイルのジョルジュくんだよ」

「どもー、ジョルジュと申します」

しかし彼、ジョルジュは違った。

中身は空っぽの、「うごくヨロイ」だったのだ。

「は、はぁ……えっと、その……リビングメイルの人って、けっこうおしゃべりなんですね」

と言うより、「うごくヨロイ」は、しゃべるものではないというのが、人類種族側の認識だった。

「よく言われます。基本的に我々、仕事中は私語厳禁なので」

「スケルトンさんやゾンビさんは、あまりお話しのできる方がいないのに……」

クゥの言葉に、ジョルジュだけでなく、ブルーまで不思議そうな顔をする。

「え？」

「おや？」

「はい？」

なにか自分がおかしなことを言ってしまったのか、という顔になったクゥに、「ああ、そうか」と気付いたブルーが、笑いながら返す。

「クゥくん、ジョルジュくんたちリビングメイルは、いわゆる、アンデッドモンスターではないよ」

「そうなんですか？」

リビングメイルは、鎧(よろい)に幽霊を取り憑(つ)かせ動かす、一種のアンデッド系モンスター、それがクゥの認識だったが、どうやら事情は異なるらしい。

「我々は、野生動物で言うところの、カタツムリなどに近い生態なんです。この鎧は、呪(のろ)いや魔術で動いているのではなく、擬態の殻なんですよ」

「そうだったんですか！　じゃ、中身は……」

「ありますよ、鎧の隙間です」

「そういう生態だったんですかぁ」

ジョルジュの説明に、驚くクゥ。

「われわれはあまり、人類種族の方とお話しすることはありませんからね。まぁ実際、魔法使いが人工的に作る〝うごくヨロイ〟もいるので、よく混同されるのですよ」

「こんなに紳士的な話し方をされる種族だったんですねぇ」

人類種族でも、魔族の生態の研究は行われている。

しかし、世界の半分にわたって存在する多種多様な、全く異なる生態系。

その謎は、未だにほとんど解き明かされていないのだ。

「ジョルジュくんは、この倉庫の管理人でもあるんだが……」

「申し訳ありません陛下、私の管理不行き届きで」

ブルーから改めて紹介を受けるジョルジュは、自分の仕事のおそまつぶりを、申し訳なさそうに謝罪した。

「いやいや、キミはよくやっている方だよ。というか……キミ一人に全部押し付けちゃってたんだよねぇ」

「すごいですねこの倉庫……奥が見えないです」

「とりあえず、どこに置けばいいかわからないものがあったらここに突っ込むって感じだったんだよ」

「それ、部屋が片付かない人が一番よくやる行動ですよ」

ブルーたち魔族のいい加減さに苦笑いするクゥ。

「でもだからこそ、けっこう価値のある品がしまい込まれている可能性もあるわけだし」

困り顔で言い訳するブルーに、ジョルジュがなにやら年代物の箱を持ってくる。

「とりあえず、なんとなく価値がありそうな宝箱を引っ張り出してきました」

「ん……んん？　これは……」

さっそく開けてみると、そこに入っていたのは――お皿だった。

「なんか……絵が描いてある？　ん？　この文字は……」

「え～っと、四百年ほど前の文字ですね。〝ハッピーウェディング〟と書いてあります」

「それって……」

困惑するブルーに、箱に一緒に入っていた添え書きを読み上げるジョルジュ。

「結婚式の引き出物か……」

「陛下、ここらへんの箱、全部中身似たような感じです」

「そうかぁ……代々の魔王たちが、出席した際にもらったものの、使うにも微妙で、捨てることもできなくて、ここに放り込んでたんだな……」

他の箱を開き、中身を確認したジョルジュからの報告に、ブルーは肩を落とす。

思った以上に、「ただのガラクタ」であった。

市井の民ならば、年末年始に町内で行われる持ち寄りの自由市場（バザー）で売りさばくような、むしろそこでも売れ残るようなものばかりである。

「魔族も、そういう習慣あるんですね」

ずいぶん世俗臭い魔族の王室の「宝」に、逆に感心するクゥ。

「あるよー、昔、初代魔王様の日記を覗（のぞ）き見たんだが、三日に一度は結婚式か葬式に出席してたそうでね」

人類種族も魔族も、偉い人というのは、総じていろんな場所に引っ張り出されるものなのだ。

「陛下、こちらの箱には、葬式の返礼品らしきものが入ってました」

今度はジョルジュが、葬式関係の品が入った箱を持ってきた。

「香典返しか〜……どんなのがある？」

「そうですね、タオルセットが主ですね」

大きな箱の割りには重さが感じられないと思ったら、中身はかさのある品だった。

「まだこっちの方は実用性がありますね」

いらないのなら、何点か自分用にもらえないかなと思いつつ、クゥが箱を覗き込む。

「とはいえ、そんなに数があってもしょうがないしねぇ」

「おすそ分けとかできなかったんですかね」

「そこが難しい話でね。魔王からの下賜となると、妙に権威がくっついてしまうんだよ」

クゥに言われ、困惑顔になるブルー。

地位が高くなると、軽々しくモノを譲ることも難しくなる。

下手に不用品を押し付けて、子々孫々まで家宝として保管されるのも、困ったものなのだ。

「多分、代々の魔王も、同じこと思って、ここに放り込んだんだろうなぁ」

「偉い人も大変なんですね……」

捨てることも譲ることもできない実用性にかける贈り物。

その千年分の積み重ねが、魔王城の倉庫を圧迫していた。

「そういえば、ブルーさんもそういうおつきあいされているんですか？」

尋ねるクゥに、ブルーは顎に手を当てつつ答える。

「僕はまだ若輩だからねぇ。そんなにでもないけど……それに、結婚式に行くにも、独身が長かったからね」

「独身だと、ダメなんですか？」

「ダメってわけじゃないんだけどね。基本、結婚式での〝偉い人〟の出席は、夫婦での方が好まれる。なので、ウチの実家や、他の名家の家長に代わりに行ってもらってるんだ」

ブルーは魔王に即位して、二十年を超える。

普通これだけの期間王位にあれば、后を娶ってもおかしくない……どころか、普通は持つものである。

様々な有力諸侯の娘たちを集め、後宮を作るのが当たり前なのだ。

だがしかし、彼はそこらへんに、全く無頓着だった。

「そうなんですか……あ、でも、もうメイさんと結婚したんですし！」

その果てに、「人間の勇者」と結婚してしまったのだから、高位魔族――貴族階級の者たちは、呆れ果てるやら怒り出すやら、実はけっこう大騒動だったのだ。

だが、メイをともなって、そのような厳粛な場所に赴かないのは、それが理由ではない。

「クゥくん……あのメイくんを、そういう場に連れてったら、どうなると思う？」

「あ……」

「人類種族だからダメってわけじゃなくてねぇ……そういうの抜きで、その、ホラ？　彼女って……すぐにキレるから……」

「結婚式ですもんねぇ……」

「キレる、切り裂く、ぶった切るを地で行く人だから……ああいう場は似合わない気がするんだよね」

「ははは……」

その光景が目に浮かんでしまい、クゥは苦笑いする。

「それに、本人もそういうの好きそうじゃないし、無理して行かせることもないかなってね」

上流階級の場とは、どうしても保守的になりがちである。

「社会的地位のある者は結婚していて当然」「公式の場には夫婦同伴が基本」な場所にメイを連れていけば、周りも騒ぎになるだろうが、なによりメイが苦痛を感じる。

「貴族階級の魔族たちはともかく、庶民の魔族たちには受け入れられているし、それでいいと思うんだよ」

「はい……わたしもそう思います」

少なくとも、「魔族最大の敵対者」の勇者でありながら、数か月で魔王城の住人たちと、いろいろ問題はあるものの、おおむね上手くやれるようになっている。

その事実だけで、ブルーには十分だった。

「さてさて……さすがに引き出物やら香典返しじゃどうしようもないから、もう少し奥を探してみるか。なにか値のつくものがないかなぁ」

そう言うと、ブルーは再び、倉庫あさりを始めるのであった。

それから数日後——魔王城に一人の人類種族の男が現れた。

「どうも、もうかりまっか」

笑顔が張り付いたような顔をした小太りの中年男であった。

「あの〜……どなたですか？」

「アタシが呼んだのよ、人類種族領の転売屋で、マルカールよ」

突如現れた男に戸惑うクゥに、メイは説明する。

「ちょっ、メイはん、そないな人聞きの悪い言い方せんといてくださいな〜かなんでしかし」

「何言ってんのよ、けっこうあくどいことしてんの、知ってるわよ」

焦るマルカールに、メイは意地の悪い笑顔で返す。

「おやおや、お客さんかい？」

「これはこれは、魔王様！」

騒ぎを聞きつけ現れるブルーに、マルカールは素早く居住まいを正す。

「この度は、謁見の光栄に預かります。わたくし、人類種族領にて、七都市にわたって商いをさせていただいとります、マルカールという商人でおます」

慣れた、かつ芝居がかった口調で挨拶(あいさつ)をする。

「アタシの昔からの馴染(なじ)みよ」

「へい、まいど」

メイの言葉に応ずるように、マルカールはおじぎをする。

人類種族領からはるか遠くの魔王城。

現在は休戦協定が結ばれ、手続きをすれば入領は可能だが、さりとて「呼ばれた」からとすぐに来られるような場所ではない。

しかも、緊張感のないブルー相手とは言え、魔王と初対面でペラペラと舌が回る段階で、かなりの歴戦の商人であることがわかる。

「なるほどぉ、メイくんの友だちかぁ、どうりで」

納得し、うなずくブルー。

「友だちじゃないわよ、腐れ縁よ。表じゃさばけないものの換金を頼んでたのよ」

「また不穏な言葉が出てきたなぁ」

複雑な顔になるブルー。

まともな方法では換金できないもの、というと、どんな非合法な代物なのか、聞くのも怖い話である。

「そんな大したもんじゃないわよ。古代の神殿とか、滅んだ王国の陵墓とか、そういうとこで見つけたお宝は、いろいろと制限が多かったの」

「制限って、どういうこと?」

尋ねるブルーに、メイが忌ま忌ましげな顔で返す。

「ついうっかり文化財指定された日には、強制的に国に没収されんのよ……」

「あ〜……」

基本的に、そういった場所で手に入った財宝は、見つけたものの資産となる——がお約束なのだが、あまりにも貴重な財宝の場合は、「文化財保護」の名目で、お上に取られてしまうのだ。

「まぁあとはアレでんな。メイはん、盗賊やら山賊やら海賊やら返り討ちにして、そいつらの溜め込んどったお宝をぶんどったりしてはったんでね」

「盗品売買か……」

さらに続くマルカールの説明に、ブルーは苦い顔になった。

「だ、だって⁉　相手は悪党なわけで⁉」

それを見て慌てて言い訳をするメイなのだが、その言い訳が言い訳になると思っている時点で、ブルーとしては頭を抱えざるを得ない話であった。

「まぁそないな感じで、もちつもたれつの仲ですわ。今回は、久々のお呼びということで、駆けつけさせてもらいましたわ」

どうやらマルカールは、決して合法ではないが、さりとて違法とも言いづらい、かなりギリギリのグレーな商売をしている人物のようであった。

だが、少なくともメイからの信用はあり、かつ、魔族領までわざわざ出張に赴いてくれる、貴重な相手ということでもある。

「頼むわよ、せいぜい高く買い取ってね」

メイが彼を呼んだ理由。

それこそ、この数日、支払いのための現金に困窮していた魔王城が、城中ひっくり返してかき集めた物品の換金のためである。

「う～ん、少しは足しになるといいんだがなぁ」

腕を組み、思案するブルー。

メイが集めた、魔族たちの〝使えそうなもの〟と、ブルーが倉庫から引っ張り出してきた、〝値の付きそうなもの〟……果たしてそれが、いかほどになるかと、不安な話であった。

場所は変わって、魔王城の大広間。

早速ここで、買取査定が行われることになった。

そこには魔物の爪(つめ)や角や牙(きば)などが山と積まれている。

中には、奇妙な毛玉のようなものもある。

「これは……アリアドネの糸でんな」

「アリアドネ……？」

片手で毛玉を取り、鑑定を行っているマルカールに、クゥは不思議そうな声を上げる。

「蜘蛛(くも)系の魔物ね。すごく丈夫な糸なのよ。一本で大人一人吊(つ)り上げられるくらい」

「へぇ……じゃあこれで服とか作ったら、長持ちしそうですね」

メイの説明を聞いて、クゥが素直な感想を口にした。

「っていうか、そこらの鎧（よろい）より頑丈な服になるのよ」

言いながら、メイは自分の服の裾（すそ）を引っ張る。

彼女の着ている服も、アリアドネの糸から作られたものなのだろう。

「これだけあればそれなりの値段になりそうだね」

期待しつつ、そろばんを弾（はじ）くマルカールを見るブルー。

「え～っと……ほな、ちゅうちゅうタコかいなと……ふむふむ、こんなもんでどないでっしゃろ？」

そして、買取価格が算出される。

「どれどれ……え？」

「長い付き合いでっからな。多少色付けさせてもらいましたで」

笑顔のマルカールに反して、その額を見たメイは、露骨に不機嫌な顔になる。

「マルカール？」

「はい？」

「はぁっ!!」

突如撃ち放たれるメイの攻撃魔法。

それは、一撃で城の石壁を粉砕し、大穴を開けた。

「次は当てるわよ………なにそれ、舐（な）めてんの？　桁（けた）が一個違うでしょ。ううん。二つは違うわ」

「いやいやいやいや、ほんまですって!?」

激怒し殺気立ち、胸倉を摑むメイに、マルカールは震えながら反論する。

しかし、メイの怒りは収まらない。

「前から信用できなかったのよねアンタ……昔アタシが、地下迷宮で手に入れた黄金像、100万イェンで買い取ったけど、それ500万イェンで売ってたわよね！」

思い出し笑いならぬ、「思い出し怒り」を発動させ、いつかの過去にあった納得できない取り引きを持ち出す。

「いやそれはその!?」

「安く仕入れて高く売るのが商人の基本……ええ、そうなんでしょうね。でも限度があるわ。アタシから何度も買い叩こうとはいい度胸よ！」

「それは心外や!?」

マルカールを絞め殺さんばかりに恫喝するメイであったが、そこにクゥが声を挟む。

「待ってくださいメイさん！　それはさすがに言いすぎです！」

「ええ～……クゥまでこいつの味方するの？」

傲岸不遜で魔王だってぶん殴るメイだが、「よい子」なクゥにまで止められるのは、彼女なりにちょっと堪える話なのだ。

「言いたいことはわかります！　でも、売れ残った時のリスクを考えれば、その買取額は決して〝買い叩き〟とは思えません」

「む？」

だが、クゥが止めた理由は、決して良識や常識だけの話ではなかった。

マルカールの言動には、「正当性」があったのだ。

「ほう、お嬢ちゃん……ようわかっとるな」

クゥの発言の意図に気づいたマルカール、恐怖も引いて、興味深そうな顔になる。

「なによなによ……またなんかアタシのわからない話が始まろうとしているの？」

メイの野性の勘が、空気が変わったことを察知した。

大概この空気になると、彼女には大変難解な話が始まるので、苦い顔になる。

「売れ残った場合、税金が高くなっちゃうんです」

「どゆこと？」

クゥの言葉に、メイはさっそく首をかしげる。

税金とは、儲かれば儲かった金額に掛かるものである。

儲からなければ、普通に考えれば、税金は安くなると考えるものだ。

「売上原価という制度がありまして」

「ううう……」

だが、クゥから返ってきた言葉は、やはりメイが今までの人生で一度も関わらなかったようなものであった。

「ええっとですね……一個80イェンのりんごがあったとしますね？」

「いつもごめんねぇ……」

こういうとき、やさしいクゥは、メイの理解力の低さをバカにせず、わかりやすく例を挙げて説明してくれる。

「それを100個仕入れて、一個100イェンで売ったら、売り上げはいくらですか？」

「えっとえっと……一個100イェンで100個だから……10000イェンね！」

クゥからの問いに、指を折りつつ計算するメイ。

「でも80個しか売れなかったら？」

「そりゃ8000イェンでしょ？」

「そうです。つまり、80イェンで仕入れたりんごが20個売れ残ったわけです。そうなると？」

80イェンのりんごが20個売れ残ったのだから、1600イェンの損失となる。

りんごは80個売れたのだから、一個20イェンの儲けで、利益は1600イェン。

すなわち……

「差し引きゼロね。儲からなかったんだから、税金かからないでしょ？」

答えるメイであったが、クゥが首を横に振った。

「ではないんです」

「せやないんですわこれがまた」

クゥどころか、マルカールまで声を揃える。

これこそが、〝売上原価〟の落とし穴であった。

「〝ゼイホウ〟の解釈では、〝１００個売って20個売れ残った〟ではなく、〝80回りんご一個を売った〟なんです」

「むむむ……わかんなくなってきたわよ」

まるで言葉遊びのような話に、メイの理解力は早くも限界に達していた。

「なるほど、あくまでかかった仕入れ費用は、売れた分にしか適用されないということか」

「そうなんです」

代わって、ブルーが要点をまとめ上げ、クゥはそれを肯定した。

「待ってよ？　じゃあ、実質儲けがなかったのに、80個売れた分の税金だけはかかるってこと？」

それを聞いて、ようやくメイは理解する。

つまりは、「どれだけ売れ残りがあっても、売り上げ分にしか仕入れ費が計上できないため、売れ残りが多いと収支はゼロどころかマイナスになる」という事実である。

その様を見て、「ようやく理解してくれたか」という顔で、マルカールは安堵した。

「そゆことですわ。在庫を抱えるってのは、それだけで損なんです。そうせぇへんために、〝損失計上〟ゆう形で逃れたりします」

損失計上とは、売れ残りを在庫として持つのではなく、「廃棄処分」にすることで、「利益を上げるために必要な損失だった」として、売り上げから差し引くことである。

「どういうこと?」

具体的にイメージできないメイに、クゥはりんごで喩えた。

「売れ残った、まだ食べられるりんごを、廃棄するということです」

「もったいな!?」

思わず声を上げるメイであったが、そのままでは大損になるため、もったいないがその方が利益は上がるのだ。

これが、クゥの言う「売れ残った方が税金が高くなる」の意味である。

「ま、実際は、大幅値下げして、見切り品とか処分価格にして、ちょっとでも回収しますけどな。それも良し悪しなんですわ」

困った顔で言うマルカール。

値下げを常習化すると、買う人は「正規の値段で購入すること」が「損」ではないかと思うようになるのだ。

具体的に言うと、それこそりんごで喩えるならば、「売れ残りの見切り価格を狙って、みんな閉店間際に来る」状態となるのだ。

「過剰な値下げは、その価格が適正なのかどうかの信用を失ってしまうわけだな」

「左様です。商売いうんは、全て信用の上に成り立っているんです」

少し前にも、メイたちの会話で出てきた、「信用」というワード。

商売……もっと言えば、「商取引」とは、まさに「信用第一」なのだ。

「メイさん、前に、マルカールさんに黄金像を売ったんですよね」

「そーよ、１００万イェンで、それを五倍の値で転売してたけど」

改めて、さっきのメイの話を確認するクゥ。

「でも、メイさんの自力で、同じ値段で売れますか？　いえ、１００万イェンの値段でも自力で売れないから、マルカールさんのところに持ち込んだんですよね？」

「う、うん」

どれだけ高価な代物でも、それを購入してくれる顧客を持っていなければ、現金化はできない。

１００万で手に入れたモノを、５００万で売れるルートを持っていることが、マルカールの能力、これがすなわち、「モノに価値を与える」――〝生産性〟なのだ。

「りんごならまだ安いし、欲しがる人もたくさんいますけど、黄金像を欲しがる人って、そんなにいないと思うんですよね」

「買ってくれそうなお得意さんとのコネ作るのに、ワイがどれほど苦労したと思ってますねん」

「で、でも、でも！」

そうだそうだと言わんばかりにマルカールは声を上げるが、メイはそれでも納得がいかずにいた。

「なにより、売れ残ったときが大変なんです」

「え？」

そんなメイに、クゥはさらに、核心とも言える部分を話す。

「せやねん……お嬢、ほんまようわかってくれはるなぁ」

「なんなのよ～、アンタたちなんでそんな仲良しなのよ～」

その言葉に乗っかるマルカールに、メイはまたしても疎外感を味わわされた。

「ここで在庫を抱えてしまう本当の怖さは、翌年なんです」

「翌年……？」

「〝売上原価〟の計算は、仕入れた量から、在庫として残った量を引いた数です。この売上原価を売り上げから引いた利益が、課税の発生する対象となるんです」

「うん、それはわかったわ」

そこまでは、メイも理解している部分である。

「でも、前年の在庫が残っていたら？」

「あ」

その言葉に、ようやくメイも、事の本質を理解し始める。

課税対象額を減らすためには、売上原価を増やさなくてはならず、そのためには少しでも在庫を減らさなければならない。

在庫が残りすぎていては、売った分以上に課税額は上がる。

今年捌(さば)ききれなければ翌年、それでも捌ききれなければ、さらに翌年、どんどん税金だけが上がってしまうのだ。

「さっきも言いましたけど、値引きはやりすぎたら商売上がったり。せやけど売れへんもんを抱えて、保管しておくのも金かかります。100万で仕入れて、500万で運良く売れたとしても、最終的なワイの儲(もう)けは100万もありまへんで」

マルカールに言わせれば、「五倍の値を付けて暴利を貪(むさぼ)る」どころか「仕入れ値の五倍を付けて、ようやく採算が取れる」なのだ。

「そうなの……？」

うろたえるメイ。

さすがにそこまでの状態とは思わなかったのだ。

「他の取り引きとの兼ね合いがありまっからな。ま、もーちょいアコギな方法してたら、金も稼ぎやすいんでっけど」

「たとえば？」

「販路を独占して買い占めし、売りしぶりして値上がりをさせるとかでんな」

さすがにそこまでしてしまえば法に触れてしまうし、公権力がうごく前に、同業者から訴えられる。通常は――

「そこらへんいくらでも抜け道ありまっからなぁ……あとアレや、在庫減らすんやったら、他のもんとセットで買わんと売らへんどー、とかやな」

「抱き合わせ商法かぁ～……ひどいなぁ」

それを聞いて、苦い顔になるブルー。

どんな法にも「抜け穴」はある。

良識や常識……もっと言えば「業界の不文律」を破ったほうが、それによって被るマイナスよりも、プラスのほうが大きいと判断すれば、行う者はいくらでもいる。

「そういう連中に比べたら、まっとうにやってまっせ？　メイはん、おたくはんの手に入れたブツ、値がつくんかつかへんのかわからんのも、合わせて引き取ってまっしゃろ？　あれけっこう在庫になってまんねんでぇ」

マルカールは、怪しげな商人ではあるが、商人の良識や常識、もっと言えば「業界の仁義」は守っている方なのだ。

だからこそ、悪徳業者呼ばわりされるのは、メイに胸倉を摑（つか）まれても受け入れられないことであった。

「それはその～……わかったわよ、取り消すわよ。悪かった！」

自分の発言の非を認め、訂正し、謝罪する。

しかし、それでも、自分の持ち出した品々の価格の低さは、承服しかねる話であった。

「でもさぁ、もうちょっと高くてもいいんじゃない？　けっこうレア物でしょ、魔族の天然物よ？」

「それがでんなぁ～、このベヒモス種の牙（きば）とかありまっしゃろ」

「そうそれよ、あれ高値がつくでしょ！」

今回の目玉商品である。

これだけでも、桁（けた）が一つ上がるはずだった。

「それがそうでもありまへんねん」

「なんで!?」

だが、その希望的観測から、真っ先にへし折られる。

「最近、どっかの国の錬金術師が、代用象牙（ぞうげ）の開発に成功しましてな。もうそっちに切り替わってもうたんですわ」

「え――――!?」

そうなのである。

メイの目論見（もくろみ）通り、人類種族領では、加工品のための野生動物の牙（きば）や角の不足が起こっていた。

しかし、技術の進化は日進月歩。

すでに代用品が発明され、そちらの方が普及してしまっていたのだ。

「あと、いちいちハンコ押すのんもめんどいということで、昨今はサインで済むようになってまいましてな」

「なんと⁉」

さらには、制度改革まで進み、そもそも需要自体が減少していた。

「手続きの簡略化は、行政の課題ですよね」

しみじみとつぶやくクゥ。

〝ゼイリシ〟仕事において、書類作成は基本。

提出する各種書類において、何枚何回ハンコを押さねばならないか、数えるのもバカらしくなる数なのだ。

「せやから仕入れてもあんま売れまへんねん。いや、まぁ、昔のほうがエエいう人もまだいますけどな、趣味のレベルやさかい、その……」

言葉を選ぶマルカール。

使い途（みち）がなく、安価な代用品が出てしまっては、需要は減る。

一部の好事家向けの商品は、それこそ販売機会が少なく、「在庫を持て余す」状態となる。

そんなものを大量に持ち込まれ、買取拒否をしなかっただけ、マルカールは実はかなり温情的な取り引きを行っていたのだ。

「なんてこった……」

事態を理解し、目論見が大きく外れたことも、メイは理解した。

「他のんもけっこう、値下がりしてましてな。どうしても値は限られまっせ」

「くぅ～～～……計画が……」

がっくりと肩を落とすメイ。

クゥが特区で行っている「魔族領の特産物を人類種族領に輸出する」という事業にヒントを得ての計画だったが、彼女は肝心の「市場調査」を怠っていた。

そもそもが、加工前の原材料では、どうしても値は下がるのだ。

「僕の持ってきた方はどうかな？」

続いて、ブルーが自分の出品額を尋ねた。

あの後、あれこれ漁（あさ）って出てきた、比較的最近作られたキレイな壺（つぼ）やドレスなどである。

「魔王様の前でこない言うのは申し訳ないんですけど、どれも二束三文ですなぁ」

「だろうねぇ……」

だがやはり、付いた値段は、期待に応えるものではなかった。

「せっかくやから、その倉庫の方、見せてもらえまっか？　一個一個は安くても、まとまった数もらえればそれなりの値がつくかもしれませんし」

「じゃあ、お願いしようかな。不用品の処分にもなるし」

だが、マルカールは、メイの落胆を見たこともあってか、もう少し時間を使って調べることを申し出てくれた。

にもかかわらず、メイは立ち上がって怒声を上げる。

「そんなまったりしている場合かー！　こんなはした金じゃ、支払い額には到底及ばないのよ、わかってんの！」

彼女も、マルカールの好意は理解しているが、今はそんな悠長なことをしていられる時間が、とにかくないのだ。

「どれくらい足りないの？」

「各方面への支払い合わせて……3億イェンくらいですね」

ブルーに問われ、クゥが小脇に抱えている帳簿を確認し、ざっとした金額を告げる。

「買取り値、いくらだったの」

「570万5000イェンです」

「焼け石に水だね……」

これでは、支払いを待ってもらう手付けにもならない。

「どっかにないの!!　お金————!!!」

活路が見いだせない現状に、メイは涙混じりの叫びを上げた。

序章　その二　埋蔵金を探しに行こう

数週間後——

あれから、さらにメイたちは金策に奔走するも、「無い袖(そで)は振れない」という言葉の意味を噛(か)みしめるに至った。

「支払いまであと三日です」

真っ青な顔のメイ。

「もし払えなかったら……？」

真っ青な顔のブルー。

「不渡りが発生します」

不渡り——簡単に言えば、「支払いの約束を破ってしまう」ことである。

魔王城にはもはや現金化できるものがないため、差し押さえのようなことは発生しないが、それ以上に恐るべきことがある。

「もし不渡りになったら、どうなるんだい？」

「その事実が公表されます」

問うブルーに、クゥはつらそうな顔で返す。

不渡りを発生させてしまえば「要注意の取引先」として、人類種族領の金融機関、さらには、多くの商会に知らされてしまう。

要は「ブラックリスト入り」である。

「そうなったらまずいね」

「はい……ただでさえ、魔族領の事業はまだ信用度が低いです。そこにこの事実が広まれば……もう誰も、わたしたちを相手にしてくれません」

商売とは、「信用第一」――信用のできない相手と商売をしたがる者はいない。

「くっ………この光の剣を売ることができれば！」

震えながら、己の愛剣を掲げるメイ。

「それ売れないんだよね」

だが残念ながら、勇者の装備は、転売不可能であった。

「〝それを売るなんてとんでもない〟って言われたし……そもそもこれリース扱いで税金申告しているから、売れないのよね～………」

もし仮に転売できたとしても、それが明らかになれば、天界からどんなお咎めが来るか、想像もできない。

「メイさん、自分の所有していたレアアイテムとか、貯金とか、全部使ってたんですね」

「あ～……うん………」

クゥに言われ、メイの目が泳ぐ。

「今までも、お金が足りない時、けっこう補塡してくださっていたんですね」

「いやまぁ、その、まぁ」

〝銭ゲバ〟勇者の二つ名を持っていたメイ。

今までの旅で稼いできた金の多くは蓄えに回していたが、それらをこっそりと、魔族領の新規事業に使っていたのだ。

「そうだったのか……すまない……キミに苦労をかけて……」

妻であるメイに、身銭を切らせていたことに、ブルーは我が身を切られたかのように苦痛を覚えた。

「そういう湿っぽいの止めてよ、苦手なのよ」

「夫失格だな僕は」

メイは彼女らしい素振りで「気にするな」と言っているが、それでも気にせずにはいられない話であった。

「だからやめなさいってば！　大丈夫よ、きっとまだなにか手はあるはずだから！」

そんな彼の顔を見たくないから内緒にしていたメイは、必死で彼を励まそうと声を上げた。

「はい、ございます！」

そこに、声が一人増えた。

「誰？」

　とっさに振り返ると、そこにはややとうが立った頃合いの、三角帽子をかぶった中年女性が立っていた。

　その姿はまさに、絵に描いたような——魔女であった。

「お初にお目にかかります、勇者メイ様……」

「なんか……ずいぶん化粧の濃いおばちゃんね」

「はい……？」

　ついつい思ったことをそのまま口にしたメイに、魔女の頬がひきつる。

「あ、ごめん、つい見たままの感想を」

「………！」

　フォローになっていない言い訳に、魔女の頬はさらにひきつる。

「キミは、ムーンバックか」

「お久しぶりでございます魔王様、宮廷魔女のムーンバックですわ」

　ブルーの声に、魔女ムーンバックは、深々と頭を垂れた。

「ん？　どういう人なの？」

「だいぶ前だが、宮廷魔女として高額の報酬を受けていたにもかかわらず、目立った実績がなかったので、解雇された人なんだ」

メイに問われ、ブルーは小声で説明する。

ブルーは自分で言うほど「魔王らしくない」お人好しな男である。

その彼が、おそらく言葉を選んだのであろうが、このような言い方という点からして、程度の知れる相手なのだろう。

「魔王城にもリストラってあんのね」

「センタラルバルドが、人件費削減の一環として大鉈を振るってね」

意外そうな顔をするメイに、ブルーは少し苦い顔で言う。

「ああ、あのメガネが」

先の一件で追放された、魔族の宰相である。

緊縮財政を是としていた男に、「不要な人材」と判断されたのだろう。

「そのとおりです」

「あ……」

小声で囁いていたはずが、しっかりムーンバックには聞こえていた。

「しかしアレはあきらかな陰謀！　元々あの男は私を目の敵にしておりましたのですわ！　やっとそれも白日のもとにさらされました！　あの男こそ、魔王城に巣食う売国奴だったわけです！」

「………」

朗々と自分の正義を主張するムーンバックに、ブルーはつらそうな顔になる。

彼女の言う通り、センタラルバルドは主君であるブルーに背信行為をなした。

だが、そんな相手でも、割り切ることができないのが、このお人好しの魔王であった。

ブルーは今も、「自分がもっとしっかりしていれば、彼をあんな目にあわせずに済んだのではないか」と考えているのだ。

「ちょっとおばはん……」

それに気付いたメイが、ムーンバックを諌めようとするが、その動きを、ブルー自身が制した。

「ムーンバック、だったね……すまないが、あまり、そういう言い方はしないで欲しい」

「は……？」

ブルーに諌められてなお、ムーンバックはなにが問題だったか理解できないという顔であった。

「………それで、なんの用だい？」

これ以上は言っても意味がないと判断し、ブルーは尋ねる。

「キミはさっき、〝宮廷魔女〟と言ったが、キミの復職がなったとは聞いていないよ」

魔王城内において、宮廷魔女は立派な役職である。

少なくとも、勝手に自称されては困る程度の価値はある。

「はい……ですので、復帰に足る〝おみやげ〟を持ってまいりました」

痛いところを突かれたと思ったのか、にじり寄るようにムーンバックは言う。

「付け届けとか、その手のたぐいは、僕は嫌いなんだがな」

「いえいえいえ、そうではございません。宮廷魔女は、本来魔王様の知恵袋として、様々な献策をするのが務めです」

「なにか、僕の役に立つような知恵を貸しに来たと？」

普段よりも険しい顔で言うブルーに、ムーンバックは怪しい笑みを浮かべ返した。

「お金が足りなくて困っているとか……？」

「耳がいいな」

魔王城を追放されながら、城内の事情に通じる彼女の情報収集力に、ブルーの顔に険しさが増す――

「あ、それほどそこは大したものでは。勇者メイが、城の魔族に動員かけて金をかき集めているのは、けっこう魔族領に広まっておりますわ」

と思ったら、単に魔王城の情報管理体制がザルなだけだった。

「あはははは！」

「メイくん……困ったからって、笑えばいいと思っちゃいけないよ……」

笑ってごまかそうとするメイに、ブルーは額を押さえる。

シリアスな空気は、一瞬にして緩んでしまった。

「ムーンバック……金策の当てがあるというのかい？　〝困っているあなたに低金利でご融資〟なんて、人類種族の間では警戒すべき文言であるということくらい、僕は知っているよ」

「さすが人類種族の文化にもお詳しい魔王様」

空気を戻そうと、改めて問い直すブルーに、ムーンバックは、どこか皮肉を込めた声で言った。

「からかっているのかい？」

「とんでもございません。私がご提案いたしますのは、そのようなものではなく、もっと現実的なものです」

「勿体付けず、早く言いたまえ」

自分の価値を高めようとする人間ほど、いちいちの行動を大げさにする。

過剰演出、というものである。

「埋蔵金です」

「ばふーっ！！！」

ようやく口にしたムーンバックの献策を聞き、再びメイが笑う。

こんどはあきらかな、発言者を嗤う笑いであった。

「………なにか？」

不機嫌そうな顔を向けるムーンバックに、メイはなおも笑いながら言う。

「いや、アンタ……なにを言い出すかと思ったら埋蔵金って……それこそ詐欺とイカサマの定型文じゃない！」

メイは、いかにもな怪しい魔女が、この混乱に乗じて、ブルーになにかしら仕掛けようとしていると疑っていた。

それ故に、「正体見たり」とさえ思ったわけだが、状況は彼女の予想の外であった。

「なんだと……」

「ほらブルーもあきれて………え？」

てっきり、呆れ果てて怒りだすかと思ったブルーは、驚きに震えていた。

「見つかったのか！　ついに在り処がわかったのか！」

「え――――!?」

詐欺とイカサマの定型文な「埋蔵金」。

しかしそれは、本当にあったのだ。

それは、今から七〇〇年ほど昔の話である。

魔族領を統一した、初代魔王ゲイセント一世は、その死の床において、奇妙なことを口にした。

「よいか……余は、ある財宝を隠しておいた………」

ゲイセント王朝は、その始まりの時は、今とは比べ物にならぬほどの莫大な富を蔵に溜め込んでいたという。

その財政状況が全盛期の頃に、莫大な富をいずこかに隠していたのだ。

「よいな……決して軽々しく暴いてはならぬぞ」

そう言い残し、ゲイセント一世はこの世を去った。

それが、「初代魔王の遺産」として、現代に至るまで語り継がれる、埋蔵金伝説なのだ。

「というように、初代様が秘密裏に莫大な財宝をどこかに隠したのは、歴史的事実なんだ」

「マジ……魔族そういうとこすごいわねぇ」

ブルーの説明を受け、唖然とするメイ。

これが人類種族領なら、下手くそな詐欺と一笑に付されるところだが、どっこい魔族と人類では時間感覚が異なる。

人類種族には時代遅れな案件も、彼らからすれば大真面目に取り合うべき伝説なのだ。

「ただ問題は、どこに隠されたかが、長らく謎でね」

「ダメじゃん、なんでよ?」

ゲイセント一世の埋蔵金に関する発言は、公式記録にも記されている。

さらに、当時の他の記録でも、なんらかの特命を受け、行動をした家臣の存在が確認されている。

しかし、肝心の場所に関しては、どの記録にも残されていないのだ。

「いやね、初代様、亡くなる前に、『詳しいことは担当者に聞け』って言ったそうなんだけどね。その人、その時点で亡くなってたてね」

「え～～～？　知らなかったの？」

それはあまりにもシンプルな理由、「担当者不在」であった。

ゲイセント一世より秘密裏に埋蔵金の管理を任されていた者が、不慮の死を遂げていたのだ。

しかも、その担当者は家族にも己の職務を隠していたため、具体的な隠し場所は、完全な謎になってしまったのだ。

「初代様、連絡は受けていたはずなんだけど、さすがにその、もうかなりのお歳で……」

「おじいちゃーん……」

それでも、その死を知っていたなら、ゲイセント一世が存命のうちならば、なんらかの対処はできたのだろうが、いかんせん初代魔王は八百歳超えで、当時としてはかなりの高齢。

いかに魔族を統一した王でも、老いには勝てなかったのだ。

「で、長年謎に包まれていたと、七〇〇年」

話を聞き、複雑な顔になるメイ。

「魔族って、ちょくちょく抜けているわねぇ」

「言い訳できない」

複雑な顔になる魔族の王。

やはり魔族は、人類種族よりも、もろもろ大雑把な気風のようである。

「その隠し場所を……えっと……ムーンバックさんが見つけたんですか？」

今まで話を聞いていたクゥ、ムーンバックに確認を取る。

「そのとおりですわ！　長きにわたる地道な調査で、多くの証言を集め、さらに古文書を繙き、ついにその地を突き止めたのです」

「信じらんないわねぇ～」

しかし、それでもなお、メイは疑いの目を向けずにはいられなかった。

「そんな有名な話なら、今までだってたくさんの魔族が調べたんでしょ？」

「ええ、以前にも、ギニアス・ブレイク卿という貴族が、私財を投じて発掘調査をなさいましたわ」

「あ～、懐かしいな」

ムーンバックが口にした名前を聞き、ブルーが声を上げる。

「僕の子供の頃に話題になったなぁ。あ……でも、当時僕は地元の辺境の方に住んでたからよく知らないんだけど、あれどうなったんだっけ？」

ブルーは魔族としては比較的若い方であるが、一八〇歳ほどである。

彼の幼少期となると、百年以上前の話となる。

「私財全てを投じて、陶器の欠片がわずかに見つかっただけに終わったそうですわ」

かなり頑張ったようではあるが、そこで力尽き、残りの生涯でことごとく「埋蔵金の人」とからかわれたという。

そのようなことがあったためか、それ以降百年、埋蔵金探索に乗り出す者はいなくなった。

「ダメじゃん！　やっぱアンタのも同じようなもんなんじゃないの？」

指をさして責めるメイであったが、ムーンバックはほくそ笑みながら、なにかを差し出した。

「これを見ても同じことが言えますかしら……？」

「ん～……なによ、ただの石じゃない」

どこにでも転がってそうな苔むした石……ではあるが、なにか、文字が刻まれている。

「いや、待て、これは……魔王紋!?」

それを見てブルーが驚く。

「なんです……それ？」

「魔王にのみ使用が許される紋章だよ。一種の紋様呪術とも言えてね。特定の……この場合は、『魔王の許可を得ずに使用すれば呪われる』効果があるんだ」

問いかけるクゥに、ブルーは答えた。

「魔王の呪い、ですか……」

「だから、魔王城の財宝なんかには、この魔王紋が彫られていて、もし盗み出したりすれば、罪の重さにもよるが、本人だけでなく、その血族にまで呪いが波及する場合もある」

まさに、「七代祟る呪い」という、強力なものである。

「まぁ、そんな財宝は、すでに僕が即位した頃には、全部売り払われていたけどね……」

なさけなさに、ブルーは少しばかり切ない顔になった。

かつて蔵に山積みにされていた金銀財宝の数々には、盗難防止の魔王紋が彫られていたが、長く続いた財政難の間に、その魔王紋を魔王自身が削って無効化した。

なにせ、魔王紋を発動させることも、無効化させることも、魔王にしかできないのだ。

「そしてカラになった倉庫には、今は冠婚葬祭の返礼品が詰まっているんだ……」

二束三文にもならなかったガラクタ倉庫が、かつての栄華の跡であった。

「なんでこう魔王城関連のあれこれは全部侘しさを漂わせるんだか……」

思わず、メイも遠い目をしてしまう、悲しい現実であった。

「でもそれって」

しかし、だからこそ「魔王紋の彫られた石」の存在は別の意味を持つ。

それに気付いたクゥが口を開いた。

「この魔王紋が入っているってことは……その、魔王城がまだお金があった時代の遺物ってことですよね」

「察しがよろしいですわね」

意図を摑んだ彼女に、ムーンバックは笑みを浮かべた。

「この石を見つけたことが、大きな手がかりになりましたわ」

「なに？　この石がお高く売れるっていうの？」

またしてももったいつける彼女に、メイは再び苛立った声になる。

「この石が発見された近くに、同じ魔王紋が彫られた石碑が見つかりました。石碑は計五つ……同距離に円状に配置されていますわ」

魔王紋は、いうなれば「所有権」の主張。

魔族領を統一した魔王が、さらに自己の領内であることを主張する場所とは、それだけ、ゲイセント王朝にとっての重要地ということである。

「人を近づけないようにしている……ならばその先になにかある……お宝が隠されているってことね。なるほど！」

声を上げるメイ。

その中にこそ、初代魔王の埋蔵金がある――ということなのだ。

「その場所に、案内してもらえるか？」

「もちろんでございますわ、ブルー陛下。なにせ私は〝宮廷魔女〟、知恵をお貸しするのが私の役目です」

「むぅ……」

上機嫌のムーンバック……一度は「用無し」と追放された彼女にとって、自らに縋(すが)り付く魔王の姿は、この上ない快感をもたらすものなのだろう。

その思惑がわかるからこそ、ブルーは複雑な顔になったが、さりとて、今はそれに縋るしかないのも、事実であった。


魔女ムーンバックより〝埋蔵金〟の情報を得たブルーらは、彼女の案内で、魔王城から半日ほどの距離にある山中を訪れていた。

そこは、特に変哲もないただの山。

主要な街道からも遠く、重要拠点もない、一山いくらで売られるような山である。

「なんにもない山ね」

山中を歩きながら、メイは飾ることのない本音で話す。

ここに赴いたのは、案内役のムーンバックと、ブルー、メイ、そしてクゥの四人である。

発掘隊としては少数にすぎるが、これにも理由がある。

ぶっちゃけた話、まだ埋蔵金があるか、確定ではない。

なのに大規模な調査を行って、外れてしまえば、それこそギニアス・ブレイク卿(きょう)のように笑いものになってしまう。

それもあって、ブルーは魔王の象徴である、いつもの全身甲冑を脱いでいた。

「これが石碑ね。うん、同じ紋章が彫られているわ。コケに埋もれてわかりにくいけど」

茂みの中に埋もれた、そのままではただの自然石にしか見えない石碑を、メイが発見した。

「石碑は、円状にこの周囲にある……つまり、その円の真ん中に、埋蔵金の隠し場所があるってことね！」

言うやいなや、メイは走り出す。

「あ、ちょっと待って！」

ブルーの声も聞かず、あっという間に姿が見えなくなった――

「ってあれ？」

と思ったら、走り出した速さそのままに、戻ってくる。

「アタシ……なんで戻ってんの……？　確かまっすぐ走ったよね？」

決して、ふざけたのではない。

そもそも、引き返した自覚もない。

真っすぐ走ったつもりが、そのまま戻ってきてしまったのだ。

「そういう結界なんだよ。直進しても、無意識に引き返させる。仮にコンパスや太陽や星の位置を目印にしても、方角認識を歪ませるのさ」

「や、やるじゃない……？」

魔王紋による結界の効果を知っていたブルーに説明され、メイは冷や汗を垂らす。

彼らには知らぬことだが、この結界に阻まれ、ギニアス卿は埋蔵金に近づけず、十二回もUターンして力尽きてしまったのである。

「さて……あることがわかっていても入れない……となると、どうしたものか……」

「ブルーさんでも解除できないんですか？」

思案するブルーに、クゥが尋ねる。

「こういう呪法はね、解除するためのキーワードみたいなのがあるんだ。最初にそう設定する」

それがわからなければ、たとえ血縁者でも、どうしようもできない。

「暗証番号みたいですね」

「なんだいそれ？　人類種族の魔法？」

クゥの感想に、ブルーが興味深そうに聞き返した。

「違いますよ。銀行とかで、自分のお金を引き出す際に証明として、予め決めておいた番号を記入しなきゃいけないんです」

人類種族の経済発展は、金融事業……すなわち、銀行の登場によるところが大きい。

とくに、この「暗証番号」制度の導入によって、離れたところでも大金を引き出すことができるため、飛躍的に取り引きの効率化がなされた。

「大切なものなんですよ。それこそ、知らせずにお亡くなりになると、遺族の方が預金を下ろそうとしても、下ろせないんです」

しかし、その暗証番号は、ある意味で「命に等しい」意味を持ち、銀行側がどれだけそのセキュリティを管理できるかが、業務を左右するものとなった。

「家族だって言えば良くないかい？」

「家族であったとしても、それだけではダメなんです。暗証番号を教えられるというのは、いざという時の財産管理を任せられた親族ということです。逆に言えば、教えられていない者は、親族であっても……」

「信用されていない者という判断になるわけかぁ」

「銀行も信用商売ですから、いい加減な理由で、お金を勝手に渡してしまえば……」

「ま、普通に考えれば、誰もお金を預けてくれなくなるよね」

「そういうことです」

これもまた、商取引における「信用第一」なのだ。

「さてまいったな……初代様の預かり知らぬ八代目の僕じゃ、結界を解除できないし」

これが銀行ならば、暗証番号がわからない場合でも、厳格ではあるが手続きを踏めば、金を引き出すことは可能である。

だが、初代魔王の結界は、後継者のブルーにさえも、接触を拒んでいた。

「ごほんごほんえへんえへん」

「わかりやすい自己主張をするねぇキミは」

そこに、これでもかというほどわざとらしい咳払いをするメイ。

「なにか忘れちゃいませんか？」

「ん……おはようのキス？　ごめんごめん、今日は朝から忙しくて。ついなおざりに……」

「違うわー！　ってかそんなのやっとらんわー！」

ブルーの軽口に、メイは顔を真っ赤にしてツッコむ。

「うわぁ……」

「クゥ……顔を赤らめない！！！　そーゆーのしてないから！　アタシそーゆー甘ったるいのは嫌いなの！」

日頃は魔王城の経理一切を担当し、年齢不相応にしっかりした少女なクゥだが、意外にこういう、恋愛系のお話に興味津々だったりする。

「でもメイさん、心は意外と乙女……」

「む！」

「ごめんなさい！」

日頃なんのかんの言いつつも、メイのブルーへの思いが純粋なのを知っているだけに、おもわず声を上げてしまったが、さすがに顔を真っ赤にして睨まれたため、クゥは慌てて口を閉じた。

「そーじゃなくて！　アタシが、何者かって話よ？　勇者よ勇者、これでも」

　空気を変えるように、腰に下げた光の剣を取り出し、メイはポーズを決める。

「自分で〝これでも〟って言っちゃう自覚のあるキミはホントさわやかだなぁ」

　呆(あき)れ半分、和み半分で返すブルーをよそに、メイはさらに続ける。

「勇者ってのは、極論すれば〝対魔王用人類〟なの」

「なかなか……不穏な表現だね」

　だがしかし、それは真実である。

　魔族の王である魔王に唯一対抗できる人類種族、それが勇者だ。

　そのために、多くの加護や、勇者と認められた者しか使えない装備がある。

「だから、魔王の力を打ち消すことができるのも……勇者の力！」

　言って、メイはブオンと、光の剣の刀身を発動させた。

　彼女の愛剣である〝光の剣〟――持ち手の精神を刃(やいば)に変え、理論上は、「斬(き)れぬものはない」とされている。

　それこそ、初代魔王が残した結界でも。

「ていりゃあああああああっ!!」

　なにもない空間――しかし、確かにそこにある、数百年を超えて残り続ける、見えざる〝人払いの結界〟に斬(き)りかかる。

「うわぁ！」

同時に起こる爆発音、そして、空間が弾(はじ)けたような衝撃が一帯を襲う。

「あぶない！　大丈夫かいクゥくん！」

「は、はい！」

吹き飛ばされそうになったクゥを、ブルーが即座にかばった。

そして……

「手応えあり、よ」

一見なにも変わっていないようだが、明らかに、周辺の空気の気配が変わっていた。

勝ち誇るようにメイは胸を張る。

「すごいな、石碑が見事に破壊されている」

結界が壊された証(あかし)として、その主軸であった、石碑が砕け散っていた。

「ふっ……決まった！　久々に決まった！！！」

ぐっと拳(こぶし)を固く握りしめ、メイは自分で自分に惚(ほ)れ惚(ぼ)れとしていた。

「魔王紋の結界は破壊したわ。これで先に行ける！」

そして立ち上がり、一同を先導するように、光の刃(やいば)で先を示す。

「よし、行こう！」

「はい！」

その声に続き、先に進もうとするブルーとクゥであった。

「お気をつけていってらっしゃいませ」

――が、魔女ムーンバックはその場に留まり、笑顔で手を振る。

「アンタは行かんのかい⁉」

「私の仕事はここまでの案内ですわ。それに、知的職業な私が、この先ついて行っても足手まといになるだけ……違います？」

ツッコむメイに、ムーンバックはしれっとした顔で返す。

「まー……確かに」

言われてみれば、ここまでの案内を終えた段階で、彼女はもう役目を終えたのだ。

「そっか、わたしも待っていたほうが良いですね……」

足手まとい、という言葉に反応し、クゥが歩を止める。

「……いや、大丈夫だよ。クゥくんは僕がガードする」

だが、ブルーはあえて同行を促した。

彼女への友情――というだけではない。

「………」

無言で、自分たちを見るムーンバックの視線。

なぜか、彼女とクゥを二人きりにしないほうが良いと思ったのだ。

「そっちは任せたわよ。アタシ、ソロでの戦いばっかしてたから、守ったり守られたりの戦闘がどうも苦手なのよ」

「キミは本当にワンマンアーミーな人生を生きてきたんだねぇ～」

そんなブルーの思惑など気づかず、メイは久しぶりに、「力押し」で対処できる問題を前にして、テンションを上げていた。

そして、一行が立ち去って後……

「………さーってっと……うふふ……」

魔女ムーンバックの顔に、それまでも十分なにかを含ませていた彼女の表情に、またさらに、別の色が浮かんでいた。

「さて、ここからですわよ、ホワイティ公……」

ぽつりと、誰にともなく、つぶやいたのだった。

結界を破壊し、埋蔵金の在り処(ありか)へとひた進む一行。

森を抜け、さらに先にダンジョンの入り口を発見した。

「どっせーい！」

そのダンジョンの入り口も、魔王紋をもって封印されていた。

この先に何かがあるのは間違いない。

確信を得たメイは、その封印も、光の剣でたたっ斬った。

「ぎゃはははは、矢でも鉄砲でもトラップでもなんでもこんかい！」

この上なき楽しげな笑い声を上げながら、危機感の欠片もなくダンジョンに進むメイ。

ブルーとクゥもその後についていった。

「グオオオオオッ!!」

現れたのは巨大ゴーレム。

大人三人分はあろう身丈の、鉄と岩でできた巨人である。

「あ、どっこいしょー！！！」

「グオオオオ!?」

しかし、それをメイは、現れたと同時にぶった斬ってぶっ倒した。

「グガアアアアアッ!!」

「わっしょーい!!」

さらに新たに現れる巨大ゴーレムだが、それも一撃で斬り倒す。

念のために言っておくが、ゴーレムは弱くない。

それどころか、ダンジョンなどで現れれば、かなり厄介な敵なのだ。

とにかく頑丈、そして重くてデカイ。

まともに倒そうとするならば、数で攻めて包囲し、騎馬兵などを用いて攪乱、魔導兵が援護射撃を行い、ロープ、もしくは鎖などで動きを止め、重装歩兵が突撃する、といった戦法が基本なのだ。

だが、ダンジョン内ではそれができない。

通路いっぱいに身を広げ襲いかかる巨人は、一種悪夢の存在なのだ。

「なーっはっはっはっ、ぬるい！　ぬるいわ初代魔王のダンジョン！！！」

だが、メイには関係なかった。

「ああ……久々のこの感覚!!　言葉は通じない、話し合いなど無意味！　殺るか殺られるか！　力のみが全て!!　デッド・オア・アライブ！　たまらない！」

魔王城を訪れ、魔王ブルーと結婚してから数か月。

降りかかる様々な困難は、ことごとく彼女の不得手なジャンルばかりだった。

「最近、なんかこう、頭脳労働者ばっか優遇って感じでさぁ……自分が頭悪いのわかっているけど、なんかこうなんかなぁ……アタシって、一体……？　とか思ってたから、いやぁ、ストレスが発散されるわ～」

腕っぷしだけで人生生きてきた彼女には、どうしようもない難題ばかりであったため、こういう「力でＯＫ」な展開は、最高の鬱憤晴らしであった。

「呼吸するようにゴーレム数十体をなぎ倒して、息が乱れるどころかさらに生き生きしているなんて、世界中で彼女くらいだろうなぁ……」

改めて感じる、メイのでたらめな強さに、ブルーは感心するやら呆れるやら、ちょっと背筋が寒くなるやらで、複雑な気分であった。

「ちょっとブルー？」

「あ、ごめん！」

そんなブルーの独り言に気付いたのか、振り返るメイ。

「あんま褒めないでよ～」

だがテンション爆上げの彼女は、それすらもポジティブに受け取っていた。

「褒めてない……褒めてないよメイくん……」

「グオオオオオオッ!!」

そうしている間に、さらに迫りくるゴーレム。

それも一体二体ではない、ダンジョンの廊下を埋め尽くし、先が見えないほどの大群であった。

「アンタは手を出すんじゃないわよ……全部、アタシの獲物だ」

「あ、はい」

だが、メイはひるまない。

むしろウキウキしながら、山盛りのごちそうを前にして一人で全部平らげるかのように突撃する。

「うひゃあ………」

「あの、ブルーさん……？」

もう全部メイに任せようと決めたブルーに、クゥが声をかけた。

「ん、なんだい？」

「あの……同じ魔族の方を、メイさんが倒しているのは、その……？」

魔王であるブルーにとって、魔族は皆同胞である。

その同胞を喜々として殺めるのは、許されるのだろうかと、クゥは憂慮したのだ。

「ああ、そのことか」

だが、ブルーは軽く笑って返す。

「ここのゴーレムには命も心も感情もないよ。ただの操り人形のようなものだ」

「あ、そうなんですか？」

ゴーレムにも様々な種類がある。

ちゃんと自我を持った、〝種族〟と呼べる者たちもいるが、このダンジョンで番人としてうろついているのは、魔術的に作られた人工物だ。

「ジョルジュさんの時の逆なんですね」

数週間前のことを思い出すクゥ。

魔王城の倉庫番である、リビングメイルのジョルジュは、心も感情も持つれっきとした生物である。

だが同時に、魔術的に作られた、操り人形としてのリビングメイルもいる。

「ここのゴーレムは、ダンジョンのトラップの一部のようなものだよ」

内部に入り、ブルーはすぐにそのことに気付いた。

ダンジョン内全体に、なんらかの魔法がかかっており、ゴーレムはその力の影響下で、あらかじめ受けた命令――「外敵を排除せよ」を実行しているにすぎない。

「だからメイさんも、遠慮なくぶっ壊しまくっているんですね」

考えなしでやっているように見えて、メイもそこらへんはきちんと考えているのだ。

「だが………妙だな」

ふと、ブルーの顔から笑みが消える。

「なにがです?」

「配置がね……なんか……う～ん……気のせいかなぁ」

ダンジョン内部の構造に、少しばかりひっかかるものがあった。

それはわずかな違和感。

気にしすぎと言われれば、その通りと思う程度のもの。

「ぎゃはははははは!!」

メイの笑い声で、覆われてしまう程度の疑念であった。


そして、さらに一行は移動する。


「あっという間に最下層にたどり着いたね」

「メイさんの無双っぷりがすごい」

しみじみとつぶやく、ブルーとクゥ。

小一時間もかからずに、ダンジョンの最奥に着いてしまった。

「もうほかにいないのー!!　いるのなら出てきなさい！」

一方、暴れ足りないとばかりにがなり立てているメイ。

「最後に立ちはだかった、超巨大ゴーレムも一人で倒したね」

「普通のゴーレムの五倍くらいの大きさでしたね」

普通、この規模のダンジョンならば、数日……場合によっては月単位での攻略が基本であり、それでも足りない場合もある。

「もう少し楽しませてくれると思ったんだけどなぁ～……本気を出しすぎてしまったかな」

それもこれも、立ちはだかる三桁近い数のゴーレムや、ありとあらゆるトラップを、ことごとくメイが粉砕し、道なき道を最短距離で進んだからであった。

「メイくん、お疲れ様。念のために聞くけど、目的忘れてないよね？」

「埋蔵金でしょ？　どこよ？」

確認したブルーに、問い返すメイ。

指さされた方向に目を向ける。

「その扉だね」

そこには、かなり年代物の、岩扉があった。

「よっしゃ、封印ぶった切って――」

さっそく光の剣で斬り開けようとしたメイであったが、ブルーはそれを止めた。

「その必要はなさそうだよ。その扉、魔王紋は彫られていない」

ここまで来られてはもう無駄な抵抗だとあきらめたのか、扉には魔術的封印はまったく施されておらず、また物理的な鍵のたぐいもついていなかった。

「なるほど、ついに観念したわけね」

「ふむ……」

しかし、それがまた、ブルーの中の僅かな疑念を再燃させる。

「そうなんだろうか……」

なにか、理屈ではなく、嫌な予感がした。

「んじゃ、開けましょ開けましょ！」

だが、メイはそんなブルーの疑問は気にせず、さくさくと岩扉をこじ開けてしまう。

「ん～……」

ゴゴゴゴゴと音を立てて開く扉。

その音を聞き、ブルーは違和感の正体に気づく。

「そうか、違うんだ」

「なにがですか？」

つぶやいたブルーに、クゥが問いかける。

「うん……このダンジョンの構造……ここだけ違わないか？」

「そういえば……造りが少し違うような……」

わざと違う工法で造っている――のではない。

そもそも、造られた年代が異なるのだ。

「このダンジョン……この石室部分を覆うようにダンジョンを構築し、さらに上から大量の土砂を積んだんだ」

なぜそんな手間のかかることをしたのか。

それこそが、ブルーが感じた疑問であった。

「それって、どういうことですか……？」

「うん、それはね……」

緊張感漂うムードの中、問いかけるクゥに、ブルーは答える。

「初代様の時代は、こんな大規模公共事業を行えるだけのお金があったってことだよ……いいなぁ」

「え〜っと？」

思っていたのと違う答えが出てきて、思わずクゥはコケかけた。

「そういう話ではないと思うんですけど〜……」

「あ、どっこいしょー！」

なおも話を続けようとしたクゥであったが、その前に、メイが岩扉の開放を終えた。

開放されると同時に、石室内部から光が溢れ出した。

「おおおっ…………！」

言葉を失い、呆然とするメイ。

「これは……」

その光景に圧倒され、息を呑むブルー。

「うわぁ……」

口と目を開き、何も言えなくなるクゥ。

「宝の山だー！」

そこにあったのは、まさに金銀財宝の山であった。

山と積まれた金貨、箱から溢れんばかりの宝石。

美しく飾られた宝剣に宝冠。

それらが、キラキラという擬音すら聞こえそうなほど、強烈な輝きを放っていた。

「すごいです……これだけの量、一体いくらになることやら」

「魔王城の国家予算の数倍はあるなぁ」

ただただ、財宝を前に、圧倒されるクゥとブルー。

「ぬはははははははははは!!」

そして、喜びすぎて、ちょっとなにかタガ的なモノが外れかけているメイ。

「あひゃひゃひゃひゃひゃひゃひゃ!!」

喜びを言葉にすることができず……いや、言葉を紡ぐ機能が一時的に麻痺してしまい、とりあえず財宝の山の上を右に左にと転がりまわっている。

「あれ……ブルーさん、あそこの壁になにか書いてありますよ?」

あまりにもメイが喜びすぎたせいか、クゥは却って冷静になり、おそらく本来、この財宝の山を見た者が気にしない、目に入らないであろうものに気づく。

「む……魔族の言語だな。かなり古い、この文法は、かなり昔に使われていたものだぞ

「……？　ううん……僕もよくわからないな……えっと……この……中を暴きし者……全てを……受け継げ……？」

それを見て、ブルーは眉をひそめる。

古い、古い文字であった。

魔族の時間感覚でも、大昔と言わざるを得ない、千年以上前の文章。

だが、文章以外に、気になるものがあった。

（これは……魔王紋……なのか？）

すでに削られているなにかの紋章。

わずかにしかわからないが、それが彫られていたのがわかった。

「どういう意味でしょうね？」

「決まってんじゃない！　お前はよくやったから、ここにあるお宝全部上げるよ！　っていうメッセージよ！　なによ初代様も気の利いたことするじゃなーい」

首をかしげるクゥに、ようやく言語を取り戻したメイが、笑いながら肩を抱いた。

「暗い顔しないの！　こんだけあったら、当座の支払いに困ることはないし！　補ってあまりあるわ！　さしあたって――」

財宝の正確な総額はわからないが、今回のみならず、次も、その次も、支払いに窮することはまずない金額であった。

これだけあれば、他の使い途（みち）もある。

「魔王城の雨漏りとか直さない……？　けっこうその……ヤバいじゃん」

そこで急に、冷静になるメイ。

メンテナンスが行き届いていない魔王城はあちこちが壊れかけており、雨の日ともなると、屋根から滴る雨水を受けるために、城内総出で洗面器にコップ、空き缶まで動員する有様なのだ。

「そうですね……漏れない部屋の方が数えるくらいですしね……」

魔王城の住人たちは、クゥのことを思いやって、雨漏りのない一番日当たりのいい部屋を用意してくれたのだが、その思いやりが一周回って心苦しかった。

「二人とも、すっかり魔王城の住人っぽくなったね」

そんな二人に、ブルーは乾いた笑いで応えるのであった。

その後、ブルーとクゥは、一旦魔王城へ帰還する。

財宝を運び出すための人手を連れてくるためだ。

ただし、メイだけは「誰かに奪われるかもしれない!!」と、血走った目でその場に残ることを主張した。

その後、運び出された財宝は、荷車数台分に及び、その総額は、およそ３００億イェンという、とてつもないものであった。

これは、魔王城の総資産をも遥かに上回るものである。

宝の山の上に立ち、凱旋したメイは、魔王城の住人たちに歓声をもって迎えられた。

滞りかけていた支払いを全て払っても残る膨大な金額。

〝銭ゲバ〟勇者のメイも、これだけあれば財布の紐も緩む。

城中の魔族たちに金一封が配られ、食べきれないほどのお酒とごちそうが振る舞われ、三日三晩にわたって、飲めや歌えのどんちゃん騒ぎが催されたのだった。

めでたしめでたし……。

——とは、ならなかった。

三日三晩の宴会が明けた翌朝——魔王城大広間、酒樽を担いで恍惚の表情で眠りについていたメイ。

ようやく目を覚ました時、彼女に告げられたのは、あのキーワードであった。

「税金？」

「はい」

クゥに告げられ、メイは間の抜けた顔になる。

「え、なんの？」

心から、それ以外の言葉が出てこなかった。

なぜここで〝税金〟の話が出てくるのか。

自分には、払ういわれも、課税されるいわれもない。

ないはずだった。

「ですから、埋蔵金の、税金です」

「あっはっはっはっはっ、クゥったら冗談きついわよ～？」

クゥに言われるも、にわかには信じがたく、彼女が自分をからかっているのだと思った。

思いたかった。

「いえ冗談ではなくて、かかるんです。埋蔵金にも」

「なんで――――!?」

だが、冗談ではなかった。

「それが〝ゼイホウ〟の理なんですぅ～～～～！」

〝ゼイホウ〟――創造神にして絶対神のアストライザーが定めし、この世の原理法則。

地上に住む者たちは、その年の恵みの一部を、天に捧げなければならない。

そのための決まりを、アストライザー自身が定めた掟こそが、〝ゼイホウ〟なのだ。

「落ち着きなさいよメイくん。とりあえず話を聞こうよ」

　騒ぎを聞きつけたのか、ブルーも現れ、うろたえあわて泣き叫び駄々をこねるメイをなだめた。

「なんでよ～、どういう理屈なのよ～～」

「いかなる形であろうとも、利益を得たのならば、それは収入となります。この場合は、〝イチジショトク〟と呼ばれるものです」

「また知らない言葉が出てきた」

　どういう理屈だ！　と言われたので、クゥが理屈で説明を始める。

「商売などで得たものとは異なる収入がこれらに該当します。そうですね……わかりやすく、一番身近なもので言えば……競馬の馬券とかですね」

「あれって税金かかるの？」

　正確には、「営利を目的とした継続的行為から得た所得以外で、さらに労務や役務の対価でもなく、資産の譲渡によるものでもない、一時的な所得」である。

　要は、「商売や労働の報酬などではない、臨時収入」といった感じのものであろうか。

「知らない人も多いんですけど、厳密にはかかります」

　以前、彼らの前に現れた天界の使者――税天使は言っていた。

「細かく納税義務を調査していたら、そのコストだけで税収を超えてしまう」と――

本来、税金とは多種多様、多岐にわたって課せられているのだが、全てに厳密に対応していては、きりがないのだ。

「よほど高額でない限り、あまり厳しくは取り立てられないものなんですが……さすがに300億イェンとなると、天界も黙っていないでしょうね」

税務調査は、基本高所得者に集中する。

その理由は、調査によって発生する追徴課税額が多いからである。

「結局金か！」と思われるかもしれないが、「本来、天に回され、世界の循環の原動力となる」はずの税を、「少しでも正しい数値に戻す」ことが本意である以上、金額は重要な判断基準なのだ。

そして同様に、高額所得者であるということは、高額納税者であるということ。

高額の税金が正しく納められていなければ、健全な納税者の納税意識に影響を及ぼす。

つまりは――「あんなたくさん金のあるヤツがちゃんと納めてないのに、なんで金のない自分が真面目に納めなきゃならないんだ」となってしまう。

そういった理由で、違法な節税や脱税が横行することを、防ぐ意味もあるのだ。

「あの連中……くそっ！　今も上からニヤ笑いしながら見てやがんのねコンチクショー！」

なので、決してメイがくやしさに歯ぎしりしながら口にしているような理由ではないのだが、ともあれ、「大金を手に入れた」喜びが大きければ大きいほど、そのショックはひとしおであった。

「だが……それならそれで、前回と同じように、〝ケイヒ〟を積み上げれば良いんじゃないのかい？」

話を聞き、「ならば」と提案するブルー。

以前の、天界からの税務調査では、「必要経費を計上することで課税額を減らし、税を減額する」手法が用いられた。

３００億にかかる税金の節税は決して容易ではないが、先の税務調査では、一兆イェンの課税額と戦ったのだ、それに比べれば遥かにマシだろう。

「そーよ、そーじゃなくても魔王城は赤字経営なんだから！　その分差っ引いてくれんでしょうね！」

少しずつ上向きになっているとはいえ、まだまだ貧乏所帯の魔王城である。

計上しろというのなら、それこそ屋根の雨漏りの修理代まで計上してみせる。

「それがそうもいかなくて」

しかし、クゥは、そんなメイたちの思惑を否定した。

「〝イチジショトク〟は、あくまで、その収入を得るのにかかった費用しか、〝ケイヒ〟と認められないんです」

「待って……嫌な予感してきた……」

メイの顔に、冷や汗が一筋垂れる。

クゥの説明を、彼女はちゃんと理解していないが、クゥがこういう顔をする時は、たいてい、とてもきっつい展開が待っているのだ。

「たとえば、馬券がありますよね」

メイにもわかるように、クゥがたとえ話で解説する。

「馬券の払戻金……つまり、的中させお金を得た場合、〝ケイヒ〟として計上できるのが、あくまで『馬券を購入するのにかかった』費用のみということなんです」

「待って待って待って……」

メイの顔が凄まじい勢いで青ざめていく。

その理屈を、今回の埋蔵金発掘に当てはめたとしたら……

「今回の場合ですと、財宝を運び出すのにかかった荷車や、それを引く魔族の皆さんの人件費、あとは……ダンジョンに行くまでのお弁当代くらいしか差し引けないので、どう計算しても、ざっと299億9500万イェンが課税相当額となります」

「ああああ……」

がっくりと膝をつくメイ。

せっかくボロ儲けした大金から差っ引かれるのだから、「上げて、落とす」で、心理的ダメージもひとしおであった。

「んで……税率は…………？」

判決を聞く罪人のような顔で、メイは問うた。

「この場合、元の金額が高額なので、その〜………45％………」

「よんじゅうごぱーせんと！！！」

299億9500万の45％だと、134億9775万イェンである。

ショックのあまり、メイは泡を吹いて倒れそうになる。

「あと、それと……多分なんですが、他にもまだ……」

「まだあるの!?」

言い出しにくそうにするクゥに、メイは泣きそうな顔で――というか、泣きながら縋り付く。そこに――

「どーもみなさまごきげんよう」

このタイミングを見計らっていたかのように、魔女ムーンバックが現れた。

「なによ今忙しいのよ！　後にして後に！」

嚙みつかんばかりに怒鳴りつけるメイであったが、ムーンバックは動じない。

「そうはまいりませんわ。お金の話はちゃんとしないと、信用問題に関わりますので」

「はぁ？　お金？　なんの話よ」

それどころか、なにやら不穏な話を切り出してきた。

「なにを仰いますの。埋蔵金のですわよ」

「分け前よこせっての？　なかなかごうつくばりね」

憮然とした顔になりながらも、言い分自体は、メイは受け入れようと思った。

一応、彼女の情報提供がなければ手に入らなかったのは事実である。

「メイさん、そうじゃないんです……その、多分、報労金の話だと思います」

「あら、ご存じだったのね」

恐る恐る告げるクゥに、ニタリと笑う魔女。

「ホーローキン……？　嫌な響きがするわね……」

どうにも、この手の話題の時に、自分の知らない言葉が出てきた時は要注意だと、メイは学習していた。

「埋蔵金の発見……というのが、〝ゼイホウ〟においてはどのような解釈となるか、存じておられますか？」

「埋蔵金は埋蔵金でしょ、他になんかあんの？」

ムーンバックの問いかけに、メイは首をひねる。

「この場合、〝遺失物〟と同じ扱いとなるのですわ」

「〝遺失物〟……えっ、それって……」

要は、落とし物のことである。

埋蔵金の発掘は、法的解釈では「落とし物を拾った」と同じ扱いなのだ。

「埋蔵金は魔王家のものだ。だが、長くその在り処がわからなかった……つまり〝遺失した物〟という解釈になるのか」

しかし、そうなると、状況はおかしくなっていく。

ムーンバックの言葉の意味を一足先に理解したブルーだった。

「はい……そうなると、見つけてくれて、それを教えてくれた方は、その〝遺失物〟のいくらかを、『労に報いる』ものとして、請求する権利があるんです」

「そういうことですわ」

ムーンバックが城を訪れた目的は、その「労に報いる」金、報労金を請求するためだった。

「ちっ……わかったわよ、払えばいーんでしょ払えば……いくら欲しいの？」

渋々ながら、メイは承諾する。

大奮発して、1000万イェンくらいは、渡してもいいかと考えていた。

しかし、事態はそんな甘いものではなかった。

「二割ほど」

「なーっ⁉　アンタ、それは、ふっかけすぎでしょ！　二割って、300億の二割って、60億よ⁉」

「そうですわね」

「そうですわねってサラッと……ふんだくりすぎでしょ！！　って……まさか……クゥ？」

ムーンバックは、自信満々に請求してくる。

それこそ、正当な、メイたちに拒めないほどの根拠をもって。

「はい……報労金の要求額は、『拾得物の総額の5％から20％まで』です……なので……要求を拒めません……」

メイに尋ねられ、クゥは答えた。

「メイさん、残念ながら、魔女さんの言い分のほうが正しいんです」

法に基づき、「落とし物を拾った者は、その一割をお礼として請求できる」とされている。

それこそが「報労金」のことなのだが、実際は最大二割まで請求権が存在するのだ。

「ま、待ちなさいよ！　あのダンジョン攻略して、ゴーレムの群れなぎ倒したのはアタシよ！　アンタなんもしてないじゃん！　途中で帰ったじゃん!!」

「あら心外な……何百年も在り処のわからなかった埋蔵金の隠し場所を突き止めたのは、間違いなく私でしょう？」

「でも……！」

さすがに不満を隠せないメイは、ムーンバックに抗議するも、彼女の情報がなければ埋蔵金を手にすることができなかったのは事実である。

「この場合、落ちている場所を見つけ、知らせた段階で、私の務めは終わっていますのよ、勇者サマ？　あなたのされたご苦労は、あくまで『拾うため』の苦労でしかありません。埋蔵金の存在すら知らなかったのですから」

「ぐぬぬぬ……」

歯ぎしりをするが、事実は覆らない。

ムーンバックの請求を拒むことはできない。

「なるほど……」

ようやく、ブルーはムーンバックの思惑を理解する。

「ムーンバック、キミの目的は最初からこれか？」

「あらあらあら」

責める気はさらさらない。

むしろ、「その賢しさを、もっと早く発揮していれば、宮廷魔女をクビになることもなかったろうに」という、思いすらあった。

「在り処は見つけたものの、自分単独では回収はおろか、ダンジョンに入ることもできない。ならば、その情報を僕らに教え、取ってこさせて、自分はなにもせずに二割をせしめる……」

見事な策である。

あまりにも見事すぎて、本当に彼女の才知だけで考えたのか、疑いたくなるほどだった。

「滅相もございません。私はあくまで、魔王様のお役に立つ、『知恵をお貸しした』だけですので」

「その知恵は本当にキミのものかい？」

「おっしゃっている意味がわかりませんわ」

怪しむブルーの質問にも、ムーンバックは作り笑いを浮かべるのみで返す。

（まるで、〝そうしろ〟と言われていたような反応だな……）

思案するブルーであったが、現段階で、自分たちが完全に彼女の思惑通りに動いてしまったのは変わらない。

「仕方がない。払う以外ないよ。道理は彼女にある」

やむなく、ブルーは報労金の支払いを承諾した。

「待って……ちょっと待って～………税金で45％……報労金で20％……」

さめざめと泣きながら、指を折ったり広げたりしつつ、金額を計算する。

結局、３００億イェンの財宝のうち、２００億近くが、報労金と税金で取られる形となってしまった。

「三分の一しか手に入らない埋蔵金発見って………」

それでも１００億以上は残る。

十分な大金なのだが、一度手に入ってから取り上げられれば、残りを素直に喜ぶことはできない。

こうして、黒字倒産の危機回避、からの埋蔵金発掘作戦、その後の騒動は終わる。

メイはしばらくショックのあまり元気がなかったものの、「まぁ100億はあるし！」とようやく持ち直し、魔王城に平穏が戻る。

だが、一同は気付いていなかった。

この騒動の全ては、この後起こる事件の、序章でしかなかった。

全ては、ここから始まった。

絶望のカウントダウンは、すでに始まっていたのだ。


そこは、魔族領と、人類種族領の間にあるとある砂漠——

周囲全てを見回しても、砂しかない世界。

否、一つだけ、異なるものがあった。

巨大な石柱が一つ、砂漠の番人のようにそびえ立っている。

生きとし生ける者などなにもない死の世界。

されど、ここに、ブルーがいたならば驚いただろう。

その石柱には、大きく、初代魔王が彫った魔王紋が刻まれていたのだ。

何故に、こんなところに、こんなモノを遺したのか、皆目見当もつかない。

されど、一つの変化が、問答無用とばかりに訪れていた。

ピシリ、ピシリと、石柱にひびが入る。

ひびは広がり、大きく、太くなり、ついには魔王紋すら二つに割る。

同時に、石柱が大きな音を立てて崩れ、長きにわたっての役目を終えたように、砂に変わって、砂漠に広がる。

後に残ったものは、ただ一つ。

いや、ただ一人——

「う…………うう…………」

石柱のあった場所に、一人の少女がうずくまっていた。

薄汚れた、人型のボロ雑巾のような少女であった。

「いか……なきゃ……」

誰に言うのでもない、自分自身に言うと、その少女は、砂漠を這いずるように、歩み始めた。

埋蔵金騒動から、二か月半ほど後……

「…………」

「う〜〜〜ん………」

魔王城執務室にて、黙々と書類仕事をやっつけているブルーの隣で、メイはこれみよがしにうなっていた。

「う〜〜〜〜ん………」

「メイくん、ガマンは体に毒だから。早く行きなさいな、トイレ」

「違うわよ」

書類の山を半分ほどこなしたところで、ブルーはメイに告げるも、どうやらお通じのたぐいの問題ではなかったようであった。

「じゃなんだい？　まだ埋蔵金のことを引きずっているのかい？　もう二か月以上前の話だよ」

件（くだん）の埋蔵金と、その後の報労金と税金のあれこれで、メイはがっくり落ち込み、一週間ほど、「アタシのお金が……」とうなり続け、夢にまで見てもがき苦しんでいた。

「それもちょっとまだ残っているけど、そうじゃなくて」

だがそこからもようやく立ち直り、ほぼいつもの調子が戻っている。

「じゃ、なんだい？」

「クゥのことよ」

問いかけに返ってきたのは、実質的な魔王城の大黒柱である、クゥのことであった。

「クゥくんが？　なにかしたのかい？」

クゥは、人類種族どころか、魔族も認める〝よい子〟である。

彼女が、なにか問題を起こすというのは考えづらい。

「ん～……前にね、夜中にこっそり、厨房（ちゅうぼう）につまみ食いに行った時のことなんだけどね」

「またかい……あのね、メイくん。いい機会だから言うんだけど、食堂のおばさんから、やんわり苦情が来ているんだよ、最近つまみ食いの量が多すぎるって」

ある程度の量は見て見ぬ振りをしてくれているのだが、さすがに昨今、減りが激しすぎるので、「もう少しご容赦を……」と、暗に相談を受けたところであった。

「それなのよ」

「それなのかい？」

だが、それこそが問題の核心であった。

「アタシはね、言っておくけど、計算してつまみ食いしているのよ。仕入れ量から逆算して、気付かれないようにしているの」

「そんな胸を張って言われても……」

大雑把で力ずくに見えて、変なところで芸の細かいメイに、ブルーは少し呆れる。

「だから、アタシ以外の誰かが、大量につまみ食いしてやがるのよ」

「それは……？」

それは、ただの盗み食い騒動で終わるものではなかった。

もっと、根深いものがあったのだ。

「この魔王城の中で、人間用の食事を摂るのは誰と誰よ」

「え……？」

メイに問われ、ブルーは思案する。

魔族と人類種族は、その生態も異なるし、食べるものも異なる。

体が受け付けない、毒がある、味覚の違いなど様々理由があるが、基本的に、「魔族は人類用の食べ物を食べられるが、人類種族は魔族用の食べ物を食べられない」のだ。

「クゥくんが？」

ただのつまみ食いならば、魔族がわざわざバレやすい「人類種族用の食料」を盗む必要はない。

魔族用の食料など、同じところに山積みになっている。

それなのに、人類種族用の食料を盗んだということは、犯人はそれしか食べられないということだ。

　そして、城内に人類種族は二人しかいない。

　その片方のメイが違うのなら、後は自動的にクゥになる。

「しかし、彼女はそんなタイプでは……普段の食事だって小食なくらいだよ？」

　体が小さく小食。

　その上、仕事の虫なもので、誰かが無理矢理にでもテーブルにつかせないと、食べることも疎か(おろそか)にしがちな少女なのだ。

「だからさぁ……クゥが、クゥ以外の者のために食べ物が必要だったとしたら？」

「あ！」

　だが、クゥが小食なことはメイもわかっていた。

　わかった上での推測が、これであった。

「昨日の夜よ、こっそりつまみ食いに入ったら、クゥが食料庫に忍び込んでてね……箱いっぱいの食べ物を手に、自分の部屋に戻って行ってたの」

　以前までは、クゥはメイと同じ部屋だったが、彼女がブルーと婚姻の宣誓をして以降、別に個室を得て、そちらに移った。

　これは、クゥ自身が申し出たことだ。

「あの子のことだから、間違っても間違ったことなんてしてないだろうけど……」

クゥは自分の部屋に、外部からの……おそらく、人類種族の者をかくまっている。

それが、メイの予想であった。

「う～ん……ちょっと様子を見に行くか」

ブルーは腕を組み、しばし考えてから、そう言った。

彼もまた、クゥがなにかをよからぬことをしているなどと思ってはいない。

しかし、どれだけ貧相でも魔王城。

世界の半分を支配する王のいる場所である。

その城内に、無許可で何者かを招き入れたとあらば、見過ごすことはできない。

ただでさえ、前回ムーンバックに勝手に入り込まれているのだ。

そして、もしもそれが人類種族だとしたら、さらに話はややこしくなる。

（もし騒ぎになれば、彼女自身のためにもならない……）

城内の魔族たちは、メイやクゥに友好的である。

だが彼らの大半は低級、もしくは中級魔族。

人類種族で言えば、平民階級である。

これが高位魔族……人類種族で言えば、貴族に相当する者たちなら話は変わる。

強固な魔族至上主義を掲げ、人類種族というだけで、嫌悪――否（いな）、殺意を向ける者とて少なくはない。

（今は僕のそばにいるから、彼らも不穏なことはできないが、なにか問題を起こせば、それをきっかけに、なにをするかわかったもんじゃない……）

今ならば、まだ自分の裁量でもみ消すこともできる。

だからこそ、ブルーは自ら動こうとした。

「ダメ」

「え？」

だが、それはあっさり、メイに反対される。

「アンタが行くと、クゥが構えちゃうでしょ！　一応、王さまなんだから」

「え〜〜〜」

ブルーはわずかに、配慮が届いていなかった。

そんな事情は、クゥもわかっているということだ。

ブルーに直接、なにかの問題を知られてしまい、それで「魔王であるブルー」に迷惑をかけることは、彼女自身が一番気にするであろう事態なのだ。

「アタシが行くわ。こういうときは同性同士のほうが、角が立たないのよ」

「そういうものかい？」

「そーゆーもん。アンタはここで待ってなさいな」

「ならそうしよう、頼むよ」

「ん！」

言うや、メイは立ち上がると、扉に向かって歩き出す。

「ふふっ……」

そんな彼女の姿を見て、思わずブルーは笑ってしまった。

「なによ？」

「いやね、子どもができて、その子どもが、犬とか拾ってこっそり飼っていたときとか、こういう感じなのかなぁって思ってね」

尋ねるメイに、ブルーは肩をすくめながら返す。

流れだけ見れば、部屋に何かを隠している子どもを心配する、両親のようである。

「はぁ～？」

「お願いするよ、〝お母さん〟？」

呆れるメイに、ブルーは笑いながら言う。

「ば、バカ！」

優しく笑うブルーの顔を見て、急に照れくささが湧いたメイは、足早に部屋を出ていった。

「こういうのも悪くないなぁ……」

一人になってふと、ブルーは呟く。

「このまま、騒がしくも楽しい日々が、いつまでも続いてくれることを願うばかりだよ」

それはウソ偽りのない、彼の心からの願いであった。


一方、執務室を出て、クゥの部屋に向かうべく廊下を歩くメイ。

「ったく、あのバカ……変なことを変な顔で……まぁ、その……」

〝お母さん〟と言われ、少し、いやかなり、彼女はうろたえた。

メイには家族がいなかった。

物心ついたときには、孤児として過ごしていた。

「いつかはそういうのも、考える日が来るのかなぁ……」

結婚して、夫婦になったという実感すら、まだ彼女には薄い。

でも、いつか、彼との間に授かる日が来るかもしれない。

〝家族〟を、自分が作る日が来るかもしれない。

「ま……そんときはそんときか……」

それは、彼女にはどんなものか、全く予想もできない日々。

でもその日々が到来するかもしれないことを思うと、メイは、そう悪い気にはならなかった。


しばし後、魔王城の中でも日当たりのいい場所にある、クゥの部屋。

そこに、メイは訪れる。

「クゥ、いる？　アタシよ」

コンコンとノックをすると、返事をする前に、部屋の中からバタバタという音が聞こえてくる。

「わかりやすい子ねぇ～………」

少し苦笑いを浮かべるメイ。

これだけでも、クゥが人を欺くどころか、ろくに隠し事もできない人間だとわかる。

「は、はい！　なんでしょうか！」

一～二分待って、ようやく扉を開いて顔を出したクゥは、よほど大急ぎでなにかを隠したのだろう、息が荒く、汗も流していた。

「クゥ……もうバレてるから」

「はう⁉」

それだけで全てを理解するクゥ。

「中、入っていいかしら？」

「あ、あのあのあの……」

うろたえる彼女を横に、メイは部屋に入る。

一見、室内は特に異常はないように見える。

ベッドにタンス、小さなテーブルに、チェアが一対……そして、自室にも仕事を持ち込んでいるのだろう、帳簿や書類が山積みとなった執務机がある。

特におかしなところはない。

だが、見る者が見ればわかることはある。

「単刀直入に聞くわね。なにをつれこんだの？」

「な、ナンノコトデショウ……」

メイに問われ、クゥはあからさまに声を裏返らせ、目をそらした。

もうこれだけで自白したも当然なのだが、根拠を示されなければ観念できないこともある。

「床、きれいよね」

メイは、決して責めていない口調で、親指でなにも置かれていない床を示す。

「アンタってさ、部屋にまで仕事持ち込んで、いつも夜まで、帳簿付けや書類作成しているじゃない。だから、床の上にまで資料や報告書が山積みになっていたわよね」

それは、メイがクゥと同室だった時からの光景であった。

油断するとあっという間に床を占領してしまい、「うっかり崩して」しまおうものなら、書類の順番が変わって大事であった。

「だから、アンタと同じ部屋だった時、いつもアタシ、書類の山に触らないようにしてたのよね～……なのに、今は、全部机の上に移動している」

「…………」

メイの言葉に、クゥはなにも言わない。

じっと、耐えるようにうつむいていた。

「誰かが崩さないように、移動させたんじゃないの？」

「あう……」

メイは決して、力押しだけの女ではない。

確かに高い戦闘力を持つが、それだけでたった一人で魔王城までたどり着き、魔王の眼前に立つことはできない。

長い戦いの間で身につけた、如才なき洞察力の持ち主でもあるのだ。

「アンタってホントに、ウソのつけない子よね……そのいい子っぷりに涙が出る」

いたずらの見つかった子どもに向ける母親のような顔で、メイは苦笑いを浮かべる。

「あ、あの……」

「最初に言っておくわ。アタシはアンタの味方。だから話してちょうだい。水臭いじゃない」

困った顔のクゥに、メイは優しい声で言った。

彼女は元から、咎（とが）める気も責める気もない。

あえて言うなら、「アタシも共犯者にさせろ」と言いに来たのだ。

「でもその……ブルーさんや、お二人に迷惑になるんじゃないかなって……」

なおも遠慮するクゥを、メイは力強く肩を引いて抱き寄せた。

「そーゆー間柄じゃないでしょアタシたち！　いいからホラ、なに連れて来ちゃったの？　それに食べさせるための食料を、食堂から持って行ってたんでしょ？」

「はい、それが、あの……」

心を決めたクゥは、部屋の壁に備わっているクローゼットの前に移動する。

「なるほど、そこにいるのね」

そして、メイに見せるべく、戸を開いた。

「もぐもぐもぐもぐもぐもぐ！」

そこにいたのは、頭から毛布をひっかぶった、ボロ雑巾（ぞうきん）のような少女であった。

「やっぱりか……」

だが、予想とはわずかに異なった。

黒髪黒目に、褐色の肌の少女。

彼女からは、わずかだが、魔族特有の気配を感じる。

かなり低級の、人と変わらない程度の力しか持たない魔族。

外見相応の、貧弱な、ただの小娘――それがメイの感覚が下した反応だった。

「一体この子、どこで見つけたの？」

「……この前、人類種族領の、商業ギルドに折衝に行った際に、見つけたんです」

クゥは、ゆっくりと、少女と出会ったきっかけを語り始め――

それは、一週間ほど前の話であった。

「ふう～～～寒い！」

空を飛ぶドラゴンの背中の上、備えられたゴンドラの中で、クゥは手をゴシゴシとこすりながら、寒さをこらえる。

「だから言ったろう、上空は冷えるんだ。ちゃんと毛布かぶっときな」

「はい～～～」

震えるクゥに、ドラゴンが「しょうがねぇな」といった口調で言う。

彼女が飛んでいるのは、連なる高山を眼下に置くほどの上空。

これだけの高さでは、気温は真冬の地上よりも寒く、また高速で飛んでいるため、当たる風の冷たさは、頬(ほお)を凍らせかねないほどだった。

「ったく、なんだってこの俺様が、馬車代わりに使われなきゃいけねぇんだか……」

「すいません……でもいつもいつも、ブルーさんの転移魔法に頼るわけにはいきませんし……」

ドラゴンの名は邪竜卿(きょう)。

魔族でも一、二を争う武闘派、竜族の長である。

誇り高さと頑固さを持つ魔族であったが、魔族領の新規事業の一環で、「人類種族の魔族への恐怖を和らげるため」と、背中にゴンドラ背負っての空中輸送の業務を任されていた。

「くそぉ……これも全部あの女のせいだ」

悔しさに満ちた声を、牙の隙間から漏らす邪竜卿。

当初、この空中輸送の業務を、彼は断った。

断ったと言うより、激怒した。

だが、交渉相手がまずかった。

「力押しの荒事のほうが簡単でいい」と公言するメイだったのだ。

「俺に勝てば言うことを聞いてやろう」と言ってしまったが最後、激しいバトルの末、邪竜卿は敗れ、やらざるをえなくなってしまったのだ。

「俺の角折りやがって、あの女……」

邪竜卿の頭部に八本あった角は、今は七本しかない。

メイに、勝利の証としてへし折られてしまったのだ。

「ごめんなさい、邪竜卿さん……」

「オメェが謝るこっちゃねーよ」

この邪竜卿、粗野で乱暴ではあるが、逆に言えば「腹に一物」はないタイプである。

負けは負けとして認め、約束はきっちり果たす。

そういう意味では、メイと似た性分の持ち主だった。

「それにしてもよぉ、あの勇者のネーチャン連れずに、大丈夫だったのか？」

クゥがわざわざドラゴンの背に乗ってまで遠出をしていたのは、遊びではない。

人類種族領の通商ギルドに、今後の取り引きの交渉を行いに行ったのだ。

「はい、問題ありません！　これくらいの仕事、わたし一人でやらなきゃいけないって思ったんです」

今まで、これらの交渉時には、ブルー、もしくはメイとともに赴いていた。

移動もブルーの転移魔法頼りだったが、今回は単独での交渉なので、邪竜卿の背に乗っての移動だったのだ。

「でも、まだまだですね……邪竜卿さんがいらしたので、向こうの方たちも萎縮なさってて……おかげで交渉はこちらの有利に進みましたけど」

メイは、少しだけ寂しい顔で苦笑いをした。

自分ひとりの力で役目を果たそうとしたが、結局は、邪竜卿が後ろでにらみを利かせてくれたから上手く行った――そう、彼女は思ったのだ。

だが……

（そう、なのかなぁ……）

クゥを背中に乗せている邪竜卿は、ちと異なる感想を持っていた。

人類種族領において、クゥはちょっとした有名人になりつつあった。

なにせ、「人類最強」の勇者と、「魔族最強」の魔王が、そろって頼りにしているのだ。

『あんなちっさな姿をしているが、きっと恐ろしい力を持っているに違いない』と、一種、畏怖の対象となりつつあった。

(今日も、人間ども……俺よりも、『ドラゴンを従えている』この嬢ちゃんに怯えてた感じだったがなぁ……)

「そう落ち込むことはないと思うぜ。少なくとも、あのバケモノ勇者と五分の付き合いしているおめーはけっこう大したタマだぜ」

高位魔族ではあるが、邪竜卿は、人類種族への差別心は少ない。

彼は武闘派ではあるが、「強き者」には敬意を持つ。

その強さは、単純な武力だけではない。

勇者メイと対等な関係であるクゥは、邪竜卿にとっては、十分「強き者」なのだ。

「そんなに、その……メイさん……怖いですか?」

「ああン!?」

尋ねるメイに、邪竜卿はややドスを利かせた声を返す。

「ああ、すいません、ごめんなさい!」

「こええよ……」

「ええ？」

　てっきり、誇り高いドラゴンのプライドを傷つけたかと思ったが、意外や、邪竜卿はあっさりと認めた。

「あの女はバケモノなんだよ……バケモノ怖がらねぇヤツはいねぇだろ」

「え、でも、あの……」

　人類種族から見れば、メイより邪竜卿の方が、遥かに怪物というにふさわしい存在である。

「あ、オメェ、今『でもお前もバケモノだろ』って思ったろ」

「いえいえいえいえいえいえいえ！」

　しかし、その心中を察した邪竜卿にツッコまれ、クゥは慌てて両手を振った。

「違うんだよ、そういう理屈じゃねぇ。俺はドラゴンだが、その強さは〝竜族〟の常識の中にあるんだ。あの女は一応人類種族なんだろ？　あの強さ、人類種族の常識の中に収まっているか？」

　決して邪竜卿は、負けた悔しさから、メイを「バケモノ」と罵っているのではない。

　直接戦ったからこそ感じた、武人としての感想で、「バケモノ」と評したのだ。

「ああ、でも、その、装備の強さもありますから……ほら、光の剣とか……」

　だが、その感覚はクゥには伝わらなかった。

　無理もない話である。

彼女は、頭脳は明晰だが、戦闘は素人だ。

「嬢ちゃん……そういうのはあくまで付属的な強さだ。あの女の強さの恐ろしさはそんなもんじゃねぇ」

メイの強さは、「持っている武器が強い」からではない。

その武器を使いこなすところにある。

「そもそもが、その武器を用いる発想からしておかしいんだ。たとえばあの女、妙な盾を持ってるじゃねぇか……って、聞いてんのか？」

邪竜卿が、先のメイとの戦いで、彼女を「バケモノ」と感じた、その理由を話そうとしたが、話し相手のクゥが、視線をじっと地上に向けている。

「あの……なにか、下に……いませんか？」

今さら、高所からの景色に目を奪われたのではない。

ましてや、真面目なクゥが、話をする邪竜卿を無視しているのでもない。

なにか、眼下に動くものを見つけたのだ。

「ああン？　ああ……なんか動いているのがいるな」

「もしかして人じゃないですか、あれ？」

彼女の示す方向に、邪竜卿も目を向ける。

そこには確かに、なにか、人のようなものがうごめいているのが見えた。

「んなわきゃねぇだろ、ここはゲドの砂漠だぜ？」

「でも、あれ……人ですよ！　間違いないです!!」

「いやいや、人であるはずがねぇって！　お前知らねぇのか、ゲドの砂漠ってのは……」

クゥたちが飛んでいる場所は、人類種族領と魔族領の間に広がる〝ゲドの砂漠〟――

ここは、「死の砂漠」とさえ呼ばれる難所で、両種族ともに、行路を築くことを諦めた場所である。

「いいから、下ろしてください！　早く！」

しかし、そこに人がいるのは間違いない。

むしろ、そんな危険な場所にいる者を見過ごすことは、善良なるクゥにはできなかった。

「お、おう……」

その迫力に押され、邪竜卿は砂漠に着陸する。


「ううう……ううう……」

「大丈夫ですか！」

着陸し、クゥはその人影のもとに駆け寄った。

それは、ボロ布をまとった、今にも死にそうなほどに憔悴しきった少女であった。

「うう……うう……ううう……うっ……」

「しっかり！　大変、体がカサカサになってる……ひどい脱水症状です！」

生きている方がおかしいくらい、体中の水分が失われていた。

「おいおいマジかよ……こんな砂漠で生きているなんて、おかしいぞ……？」

「なにか理由があったに違いありません。すぐに城に運びましょう！」

「あ、ああ……」

クゥに言われ、邪竜卿は背中に彼女を乗せ、人が耐えられるギリギリの速度で、魔王城へと向かった。

それが、クゥと、少女――イリューとの出会いだった。


もぐもぐもぐもぐ!!

クゥが説明している間も、少女は、ひたすら食べ続けていた。

「この子、自分の名前の〝イリュー〟以外は、なにも覚えていないそうなんです」

まるで、千年間なにも食べていなかったかのような食いっぷりである。

「しかしホントよく食べるわねこの子、見てて清々しいわ」

呆れ半分、感心半分のメイ。

目を輝かせ、幸福に満ち溢れたような顔で、口いっぱいに頰張っているのだ。

見ているメイが、思わず口元をほころばせてしまいそうになった。

「なんか、その、ずっとご飯を食べてなかったみたいで……」

砂漠で飢餓状態で倒れていたところを拾ったわけだが、飢えを訴える彼女に、クゥは持っていたお弁当の残りを分け与えた。

「本当はダメだって分かってたんですが、ちょっとだけなら大丈夫かなって……」

飢餓状態の人間に、一番やってはならないこと。

それは、「食べさせる」である。

古(いにしえ)において、とある城が長きにわたる籠城(ろうじょう)戦を行い、城内の者たちは仲間の死骸(しがい)を喰(く)らうほどの凄惨(せいさん)な飢餓地獄に陥った。

攻めていた敵軍がようやく和睦(わぼく)を締結させ、城内の惨状を見て哀れみ、自軍の食料を恵んでやったところ、城の者たちは餓鬼のように貪(むさぼ)り食った。

そして、その多くが死んだ。

「そうよね……こんな状態でものを食べたら……普通は死ぬ……」

極度の飢餓状態にある者に、いきなり十分以上の栄養を与えると、心不全、不整脈、意識障害、四肢麻痺(まひ)、さらには急激な血糖値の上昇によって、内臓血管に負荷がかかり、死に至るのだ。

これを、リフィーディング症候群という。

メイも、そういった病名があることまでは知らないが、知識としては知っている。

「すぐにお医者さんに見せようと思ったんですが、その前にどんどん食べ始めて、食べれば食べるほど、血色も良くなって、元気になっていったんです」

それこそが、クゥが、イリューのことを内密にしていた理由だった。

おそらく、彼女は人間ではない。

人間ならばとっくに死んでいるはずである。

だがしかし、魔族としてはあまりにも力が弱い。

「クゥ！」

イリューがキラキラした目でクゥを見る。

「なに？　どうしたの？」

「これすごく美味しい！」

イリューの手には、部屋の中の限られた空間で、簡単な調理器具を持ち込んでクゥが作ってやったのだろう、トマトのスープがあった。

「酸っぱくて、甘くて美味しい！」

「そう、よかったね……あ、まだいっぱいあるから、たくさん食べてね」

「うん！」

よほど今までろくなものを食べてこなかったのか、イリューの「おいしい」ものへの語彙は、あまりに乏しかった。

「う～ん……」

そんな彼女を見つめ、メイはなんとも言えない気持ちになった。

自分もまた、幼き日は、イリューのように飢えと寒さに苦しんできた。

ゴミ箱の中に首を突っ込み、腐りかけた残飯を貪るような日々を生きた。

（弱いのよね……こういうの……）

ちらりと、メイは周囲を見回す。

クゥが作ってあげたのだろう簡単な料理以外は、彼女が夢中になって口に入れているのは、パンやチーズやハム、あとリンゴなどである。

メイは考えてしまった。

この子に丁寧にこさえた、ローストチキンやステーキや、山盛りのクロケットを食わせてやったら、どんな顔をするだろうと。

きっとさぞかし、目を輝かせ、幸せいっぱいに頬張るだろうと。

「……………ちょっと、アンタ？」

「………!?」

今まで、食べるのにさぞかし夢中で、メイの存在すら目に入っていなかったのだろう。

やっと気付いたイリューは、身を震わせ、警戒するように見つめ返す。

「あ～、恐がらなくていい恐がらなくていいから、アンタ、クゥの友だちなんでしょ?」

「ともだち……?」

初めて聞いたらしい言葉を、反芻するように繰り返す。

「クゥに助けてもらって、クゥにご飯食べさせてもらって……んで、クゥのこと、嫌い?」

「!」

メイに言われ、イリューは「とんでもない」とばかりに首を振った。

「じゃあ友だちじゃない。アタシもクゥの友だちよ。だから、アンタとも友だち……オッケー?」

「……うん」

メイにとって、その言葉を引き出せただけで十分だった。

「あの……どうしましょう……」

おずおず、クゥが尋ねる。

「どうしようって、どうしたいのよ?」

「あの……しばらく、いさせてあげちゃダメでしょうか?　わたしが責任持って、ちゃんと行き場を探しますから!」

勝手に魔王城に部外者を連れてきた——そのことの責任をすべて取るつもりで、クゥは言ったのだが、メイの返答はあっさりしたものだった。

「そんな必要ないでしょ」

「え――」

「ここにいさせりゃいいでしょ」

「え？」

驚くクゥに、メイはニッカと笑う。

「オンボロだけど、部屋数はあるし、こんなちっちゃな子の一人くらい、置けないわけないわよ」

「メイさん……」

「落ち着いたら、そうね……あんたの小間使いってことで、城で働いてもらえばいいじゃない。これ〝ジンケンヒ〟ってことで、ちゃんと経費にできるんでしょ？」

〝ゼイリシ〟であるクゥに合わせた案を、メイは提示した。

「そんな、わたしの勝手で、そんな……皆さんに迷惑をかけるようなことは……」

「あーのーねー！」

なおも遠慮するクゥに、メイは心配をふっとばすような声を上げた。

「アンタがこの城で、どんだけがんばってると思ってんの？　言っちゃ何だけど、アンタいなかったら三日で潰れるわよ魔王城」

「そ、そこまではさすがに……」

「いや、マジよマジ」

税金対策のために招かれたクゥであったが、彼女の働きによって、魔王城は長く続いた財政難から、少しずつであるが脱却しつつあった。

それだけでなく、多数の取り引きや交渉を果たし、人類種族との長き戦いから、両種族の融和の糸口を作った。だが、それ以上に、

「それにさぁ……もうちょっと迷惑かけてよ、アタシたちに」

それこそがメイの本音だった。

友だちが困っているのだから、力を貸したい。

そんなシンプルな思いであった。

「ま、明日ブルーに顔合わせだけしとけばいいんじゃない？　その前に……」

「あう？」

ずいと、メイはイリューに鼻を近づけた。

「ちょっと……風呂(ふろ)とか入れておいたげた方がいいかもね。大浴場使っちゃいなさいよ、薬湯とかも使っていいから」

「でもあれけっこう高いですよ」

体の汚れを落とすだけでなく、荒れた肌や傷を癒(い)やす薬湯は、高級な贅沢(ぜいたく)品である。

「いーのよ、それこそ、必要〝ケイヒ〟ってヤツよ。にひひ」

しかし、メイは「気にするな」とばかりに手を振った。

「そゆわけで、また明日ね！」

笑顔で告げると、メイはそのまま、部屋を後にした。

「良かった……というか、わたしも考えすぎだったのかなぁ」

メイが去った後、閉じられた扉を見ながら、クゥはつぶやく。

「………？」

複雑な表情をしているクゥを案じるように、イリューが顔を覗(のぞ)き込む。

「うん、なんでもない……そうだ！　一緒にお風呂に入りましょう！　せっかくだし、隅々までキレイにして、明日ブルーさんに挨拶(あいさつ)に行きましょう！」

「ブルー？」

「ええ、この城の一番偉い人です、いい人ですから、きっと友だちになれますよ」

そしてクゥは、堂々と廊下を歩み、イリューを城内の浴場に連れて行った。

「この大浴場使うのも久しぶりだなぁ……」

魔王城内の大浴場、かつては荘厳華麗な宮殿のようであり、魔王城の至宝でもあったのだが、維持管理のコストがかかることで、その設備の大半は使用中止になっている。

大浴場、と言っているが、現在使われているのは付随した小浴場のみ。

それでも、普段はたらいにお湯を張っての湯浴みが基本の生活だったクゥにとっては、「足を伸ばして湯船に浸かる」のは、とてつもない贅沢であった。

「わぁ……」

「ダメだよ、まずは体をちゃんと洗わないと！」

浴場を前にして、驚きと興奮で笑顔になるイリュー。

今にも湯船に飛び込みそうになっている彼女を、クゥは止めた。

「うわぁ……改めて、あなたすごく汚れてるね……薬湯使わせてもらって正解だったよ」

「汚い……？」

「ううん、気にしないで」

泥と垢だらけの体を、植物の実を乾燥させて作ったスポンジで擦るように磨き、ボロボロの髪を薬草成分入りの石鹸で洗う。

「…………」

イリューの体を洗いながら、クゥは考える。

メイとブルーは、自分にとって、大切な人たちだ。

山奥の寒村で、たった一人で暮らしていた自分に、手を差し伸べてくれた。

でもだからこそ、「一線を越えてはいけない」と思ってしまう自分もいた。

二人は、今は愛し合う夫婦であり、その世界に自分が混ざってはならないと、どこかで戒めているところがあった。

その遠慮が、ことをややこしくしてしまったのかもしれない。

「ねぇ、イリュー……明日ね、ブルーさんとご挨拶した後、美味しいもの食べよう」

「おいしい……なに？」

嬉しそうな顔で振り返るイリューに、クゥは優しい目で返した。

「すごく美味しいものだよ。わたしがね、世界で一番美味しいって思ったもの」

それは、前回の騒動の後、打ち上げと称して、皆で一緒に食べた食事だった。

誰かと一緒に食べるごはん。

それは、彼女が家族と死に別れてから、ずっと得られなかったもの。

「それをあなたとも一緒に食べたいんだ」

きっとそれは、とても素晴らしい席になるだろうと、クゥは思った。

翌日、魔王城、魔王の間――

「今日、その子が来るわけだね」

昨日のうちに、ブルーは、メイからイリューについての説明を受けた。

「拾ってきたって言い方をするとなんだけど、クゥらしい理由よ。だから、認めてあげてくれないかなぁ」

玉座に座るブルーのそばには、メイが立っている。

「うん……」

少しだけ、ブルーは重い顔をしている。

「どうしたのよ?」

てっきり、彼ならば笑顔で快諾してくれると思ったメイは、やや不安な気分となった。

「いや……これからは、そういう子どもを受け入れる場所や制度を整えないとな、って思ってね」

「うん……」

ブルーは魔王——魔族の王である。

ただの善良なお人好し(ひとよ)の青年ならば、笑って終わるところも、それだけでは済まない。

自分の目に見えぬところにいる弱き者の存在を知った以上、他にも同様の「見えぬところにいる弱者」を思いやらねばならない。

それは彼にとって義務以上に、性分として考えずにいられないものであった。

「そうだね」

その彼の性分に救われた者の一人であるメイは、素直にそれに同意した。

「ブルーさん、メイさん」

そんな風に話しているうちに、ようやくクゥが現れる。

その傍らには、ブルーへの挨拶に訪れた、イリューも伴っていた。

「あら、随分可愛くなったじゃない」

その姿を見て、メイが笑う。

昨日までのボロ布のような服ではなく、城内のどこかから引っ張り出してきたのであろう、年齢相応の少女が纏うような小綺麗な服を着ていた。

「あ、あの……」

怯えるような顔で、イリューはブルーを見る。

「キミがイリューだね？　はじめまして、僕は魔王のブルーだ。クゥくんとは友人だよ。これからは僕とも仲良く――」

その様子を見て、ブルーはできるだけ優しい声で、彼女に語りかける。

なにせ全身甲冑姿だと、初対面でクゥに泣き叫ばれた過去がある。

もしイリューも泣かせてしまえば、もれなくメイにはっ倒されてしまう。

「………………」

「ん？」

だが、そこで様子のおかしさに気づく。

それまで、小動物のようだったイリューの目から、生気がなくなる。

否、違う、そうではない。

まるで、生き物ではなく、機械のように、瞳(ひとみ)から、光が消える。

「ミツケタ……」

「なに……?」

ポツリと、まるでゼンマイ仕掛けのようにつぶやく。

「イリュー……どうしたの……?」

隣にいたクゥも異常に気づき、イリューの方を向く。

だが、答えは返ることなく、さらなる異変が起こる。

「え!?」

ブオンと、空間が振動する。

同時に浮き上がる、巨大な「紋」——それは、初代魔王の魔王紋に似ていたが、それとは異なる彩りの、紫色の禍々(まがまが)しい光を放っていた。

それが、イリューを中心に展開している。

「なに、なんなの……」

すぐ側に立つクゥは、呆然(ぼうぜん)とし、なにもできない。

そうしている間に、さらに異変は続く。

イリューの黒い髪が伸び、背丈よりも長くなる。

瞳は金色に輝き、着ていた服さえ、夜闇(よるやみ)よりなお黒い、暗黒へと変じる。

あきらかな異常、異変にして異様。

「………！」

無言で、イリューは手を振るう。

瞬間、なにも持っていなかったはずの彼女の手の中に、黒い棒が現れる。

なんの装飾もない、ただ黒いそれは、またたく間に彼女の背丈の二倍ほどの長さになり、その先端に、浮き上がった紋様と同じく、紫の妖しげな光を放つ刀身が生まれる。

それは、鎌であった。

なにかを刈り取るもの、なにかを狩り獲るもの。

「イリュー！」

クゥが手をのばすが、彼女の肩に届く前に、次の事態に変ずる。

タンッと一音を響かせ、ブルーに向かって駆け出す。

イリューの立つ位置から玉座まで、五十歩はある。

それをたった一足で、彼女は半分の二十五歩にまで近づく。

「果たす」

妖しき金色の瞳で、ただブルーのみを捉え、イリューがつぶやく。

「なにを!?」

とっさに動けたのはメイだった。

イリューが、昨日対面した、無邪気に食べ物を頬張るあどけない少女だと知っている。

知っている上で、「危険だ」「近づけてはならない」と、彼女の本能が訴えた。

あまたの戦いを、一人で生き抜いてきた彼女は、その訴えに、理屈よりも先に体が動く分、ブルーや、ましてやクゥよりも、素早く反応できたのだ。

「なに……!?」

十歩にまで迫ったイリューに、すんでのところでメイの光の剣が繰り出される。

当たれば一撃必殺、高位の魔族すら両断する刃。

それが、空振った――

「なんで……!?」

避けられたのでも、防がれたのでもない。

鎌を叩き落とそうとした光の剣の刃が、直前ですり抜けたのだ。

まるで、攻撃そのものを、最初から受け付けないように。

「終わり」

メイの妨害を超え、ブルーまで五歩の距離に立つイリュー。

「キミは……まさか……!」

「ブルー、逃げて!!」

メイが叫んだが、ブルーは一瞬、動けなかった。

彼女の放つ、凄まじい魔気、そして、あの浮かび上がった紋、そして、メイの攻撃を無効化した、異常な現象――それが、一つに繋がりかけていた。

「くっ！」

三歩の距離に迫るイリューを前に、ブルーはとっさに魔法防壁を張る。

魔法攻撃も物理攻撃も、双方遮断する、光の剣でも簡単には破れない障壁である。

「無駄……」

だが、それも通じない。

鎌の一閃で、かき消える。

「これは……！」

イリューは二歩の位置に立つ。

「！！」

イリューはあと一歩の位置に立つ。

もう、そこは、彼女の間合いだった。

「ぐっ…………!?」

鎌が振り下ろされ、刃がブルーの胸を刺す。

紫の光刃は、背中まで貫く。

「ブルー!!」

メイの叫びが、魔王の間に、ひどくゆっくりと響いた。

直後、ブルーは玉座から、どうと倒れた。

「イリュー……なんで…………!!」

愕然とするクゥ、それ以上なにも言えず、なにもできず、両膝をつく。

「…………」

全てを終えた。全ては終わったとばかりに一振りするや、イリューの手の鎌は消える。

そして、その場から跳び離れ、いずこかへと逃げ去ろうとする。

寸前、震えるクゥと、わずかにすれ違う。

「…………」

ポツリと、彼女はなにかをつぶやいたが。

クゥの耳には入らなかった。

そのまま彼女は、最初からそこにいなかったかのように、あまりにも素早く、消え去った。

「ブルー、大丈夫？　ちょっと！　返事しなさいよ……って……」

倒れるブルーに、メイは駆け寄り、必死の顔で声をかける。

そんなはずがないと。

魔王が、あんな一撃で、こんなあっさりと、そんなことになるはずがないと。

自分に言い聞かせながら、彼の体を揺する。

「ウソ……」

しかし、最悪の想定は、彼女の本能が訴えるそれは、今回も正解であった。

「死ん……でる………」

魔王ブルーは死んでいた。

脈は消え、呼吸を失い、なにより、生命の光が、彼から完全に消え失せていた。

「そんな……そんな……そんな!!」

ほんの一分前まで、そんな兆候は欠片もなかったはずなのに。

なにかの間違いのように降って湧いた絶望に、クゥは悲鳴を上げた。

魔王ブルー暗殺される——その報が伝わり、魔王城内は大混乱となった。

日頃、どこか牧歌的な城の住人たちも、自分たちの主君の死となれば、慌てざるを得ない。

即座に城内の全ての扉は封鎖され、兵士たちが駆けずり回り、犯人であるイリューを探すものの、彼女の姿はどこにも見当たらない。

残されたのは、ただ、物言わぬ屍となったブルーだけであった。

三日目——魔王城内、邪竜卿の部屋。

ここは、邪竜卿が魔王城を訪れた際に、滞在するための部屋である。

部屋と言っても、鉄よりも硬い鱗（うろこ）を持つドラゴン。

人間や他の低級魔族用とは異なる、竜族にとっての適度な湿気につつまれた岩窟（がんくつ）である。

「なんだか、とんでもねぇことになっちまったみてぇだな……」

「……」

そこに寝そべる邪竜卿の傍らに、クゥはいた。

「あん時、言っておきゃあよかったか……あのな、あの娘……イリューか？　あれを拾った、〝ゲドの砂漠〟ってなぁ、呪い（のろい）の砂漠なのよ」

クゥは事件の後、混乱の中、どうしていいかわからずただひたすらうろたえ、城内をさまよった挙げ句、最も暗くてジメジメしたこの場所に引き寄せられたのだ。

「俺も爺（じい）さんに聞いたんで詳しいことは知らねぇがな。何百年も昔に、あそこでとんでもねぇ呪法（じゅほう）が行われたとかで、生き物が育たなくなっちまってな。湧き出る水も毒が含まれていて、人間どもも、魔族だって近づかねぇ」

現れたクゥを、邪竜卿は追い出すことなく……というより、どう対処していいかわからず、部屋の中に好きにいさせることにした。

とはいえ、ずっと無言で座り続けるクゥのいる空気に耐えきれず、独り言のように話しかける。

「……だから？」

ようやくクゥは返事をするが、その声は、いつもの彼女を知る者には信じられないほど、重く、暗かった。

「あそこで、〝行き倒れ〟なんかがいるわけねぇんだよ。あそこに生き物がいるわけがねぇんだ。あそこにいるって段階で、おかしいんだよ」

たとえそれが魔族でも、人間でも……否、どんなものでも、〝生き物〟がいた段階で、それは警戒すべきものだったのだ。

それを怠ったことを、邪竜卿は詫びる。

「わたしが……悪かったんですね……」

「いや……そういうことを言いてぇんじゃねぇんだ」

しかし、その言葉も、真意はクゥには届かない。

「あの子が………何者かなんて、そんなことどうでもいいです。あの子を連れてきてしまった。それがわたしの罪です」

「待てよオイ、へんなこと考えんじゃねぇよ」

思いつめたクゥの声に、邪竜卿は異変を感じる。

「メイさんに合わせる顔がありません」

邪竜卿に、人間の少女の心の機微などわからない。

しかし彼には、人類やそこらの魔族よりも遥かによく利く「鼻」がある。

その嗅覚が、感じ取ったのだ。

「わたしのせいだ！　全部わたしのせいだ！　今まで、いっぱい、たくさん！　あのお二人には、返しきれない御恩があったのに！」

動物が、「なにかを決意した」時に発する匂いを。

「それをわたしは、仇で返した!!」

「おい、嬢ちゃん！！！」

立ち上がると、クゥは案ずる邪竜卿の声も聞かず、泣きながら、部屋を飛び出していった。

「どうすんだよオイ………」

邪竜卿は、魔族の中でも最強クラスである。

いかなる敵も、その牙と爪、口から吐き出す火炎にて薙ぎ払える。

だがしかし、いま魔王城を覆う絶望の空気だけは、どうしようもなかった。

「そうだねぇ………」

「ん？」

誰かの声が聞こえた気がして、周囲を見回す。

だが、誰もいない。なにもない。

彼の鼻にも、なにも感じられなかった。

魔王城のバルコニーに、クゥは立っていた。

昼なお暗い魔王城——と言われるが、意外とそうでもない。

場所によってはちゃんと陽が差し、光にあふれている。

このバルコニーもそんな場所で、皆でお茶を楽しんだこともあった。

「こんなことしたって、なんの意味もないって、わかってる……」

しかし、その場所にいたブルーは、もうこの世にいない。

「でも、せめて、けじめはつけなきゃ……」

全て、自分のせいだ。

自分が、禍を招いた。

「ブルーさん、メイさん、せめて……死んでお詫びします!!」

死んだブルーと、残されたメイへの謝罪として、クゥは自死を選んだ。

厨房から持ち出したナイフを、喉に突き立てようとする。

「やめなさい!!」

しかし、それを止める声が響き渡る。

「メイさん!」

「何やってんのよこのバカ！」

現れたのは、メイであった。

ずっと泣きはらしていたのだろう真っ赤な目で、クゥをにらみつける。

「なんで、ここに……」

「なんかわかんないけど、すっごい嫌な予感がして、すぐにここに行けって、誰かに言われたような気がしたのよ！」

メイは、ブルーが死してから後、彼の遺体が安置された、魔王の間にてずっとふさぎ込んでいた。

しかし、まるで誰かにせっつかれるような気配を感じ、大慌てでここに駆けつけたのだ。

「死んで詫びるっての!?　ふざけんな！」

クゥのそばに寄ると、持っていたナイフを奪い、バルコニーの端に投げ捨てる。

「でも……」

「ブルーに加えて、さらにアンタまで、アタシは失わなきゃいけないのか!!」

なおも自死をあきらめようとしない彼女に、メイは怒鳴りつける。

「勘弁してよ……アタシを……一人にしないで……」

怒鳴りつけ、そして、涙をぼたぼたとこぼし始める。

「アンタのせいじゃないなんてわかってる！　だから……ううう……」

「ふぐ……メイさん……」

メイもまた、あまりに突然の事態に、思考がついていけずにいた。

ただただ、昨日までの当たり前の平和な日々が、なぜ奪われなければならないのか、その理不尽に涙し、クゥもまた涙を流した。

「なんで……こんなことに……！」

二人にできることは、ただ抱き合い、互いの苦しみと悲しみを埋め合うだけだった。

だがさらにそこに、苦難が注ぎ足される。

「メイさん！　大変だ！」

魔王城の従者が、血相をかえて駆けつけてきた。

「なによ！　今度は何！」

「魔王城正門に、〝邪〟王家の連中が現れました！」

「邪王家……？」

入ってきた報告に、メイは困惑の顔となった。

魔王城正門、つねにその扉は閉じられ、城の主たる魔王の出陣と帰陣のときのみ開かれる

——そうなっていたはずの扉の前に、物々しい軍勢が現れていた。

「で、ですから、まだ上の者の許可を得ていないので、開城するわけには……」

「だまれぃ!!　先王ブルー陛下がお亡くなりになられた以上、新たな魔王を迎えねばならぬは必定！　そしてここに新王が居られるのだ！　それとも貴様ら、新たなる魔王陛下に逆らうか！」

　門前にて、軍勢の先陣に立つ、鋼のような巨躯の魔族が、城兵たちを恫喝する。

「そ、そのようなことは……」

「ならば退かんかぁ!!」

「ひぃっ!?」

　城門を護る衛兵たちは、オーガやサイクロプスといった、魔王城でも特に肉体頑強な者たちなのだが、そんな彼らが縮み上がっていた。

　それほどまでに、先陣に立つ男の気迫――いや、高位魔族が持つ、〝魔力〟が段違いだったのだ。

「ちょっと、なによアンタら！」

　そこに、従者に知らされ、メイが駆けつける。

「ぬぅ……なぜ人間がここにおる……？」

　一瞬、男は怪訝な顔をするが、即座に、珍しい虫の名前を思い出したような顔をする。

「ははぁ、なるほど、貴様か、ブルー陛下が妻とした元勇者の人間というのは……？」

「別に勇者辞めたつもりもないけど……なんのつもり？　ブルーが……その死んだからって……この城を乗っ取りに来たの？」

「死んだ」という言葉を使うにはまだ抵抗があったが、それでも、相手に弱みを見せまいと、メイは平静を装う。

「なにを言うやら、我らは魔族御三家の一つ邪王家、我はその筆頭家臣、サー・モンブラン！」

「御三家？　邪王家？」

聞いたこともない言葉を、目の前の男――モンブランは言い出した。

「おやおや、先王ブルーはなにも話していなかったようだな」

訝しむメイを見て、モンブランは、相手が無知なる者とあざける顔になる。

「御三家とは、ブルー陛下になにかあらば、その跡の魔王位を継ぐことを約束された一族なのだ」

「なんですって!?」

いきなり現れた者たちに、全く知らない魔族の王族の事情を告げられ、メイにとってはまさに青天の霹靂であった。

だがしかし、だからこそモンブランの強気な態度の説明もつく。

王城の正門に、予告なしに兵を伴って現れるなど、謀反と言われても文句は言えない。

そんな非常識を行っても、許されるほどの大義名分があるからなのだ。

「ブルー陛下はお亡くなりになられたのだろう、ならば、約定に基づき、あらたな魔王は、我らが主ホワイティ・ゲイセント公女殿下！　これは決定路線だ！」

言って、モンブランは重武装の兵士たちに守られた輿に乗る、己の主――ホワイティ・ゲイセントを手で示す。

「ま、待って！　聞いてない……いや、そうだったとしても、いきなり来られてはいそうですかってできるか！」

ブルーが殺され、まだ三日である。

その状況で、どんな大義があろうが、城内に入れるわけには行かない。

「人間ごときに、なぜ魔族のことを決める権利がある！」

しかし、それでもモンブランは止まらない。

激怒し、怒鳴りつけ、無理矢理にでも押し入らんとばかりに迫る。

「ありますよ！　メイさんは、ブルーさんの配偶者です！　その人の意志を無視することはできません！」

怯むメイに、クゥが援護をする。

今の彼女には、ブルーの残した城と、メイを守ることが、数少ない「できること」なのだ。

「ふん、他にも人間がおるのか……」

「あなた方の勝手にはさせません！」

くだらないものを見る目で見下ろすモンブランに、負けるものかとクゥは睨み返す。

「勝手にさせぬ……だと？　我らはこれでも先王陛下に配慮しているのだぞ。なにせ……」

クゥの物言いに嗤うモンブラン、右手を軽く上げ、背後の兵士たちに合図する。

「!?」

即座に、モンブランの連れてきた邪王家とやらの兵士たちが、槍を構える。

「貴様ら人間を前にしながら、手出ししないでやっているのだからな」

ブルーや魔王城の住人たちはメイやクゥに友好的だが、やはり何百年と戦っていた人類種族への憎しみを持つ者は、決して少なくない。

ましてや、己の血統に誇りを持つ高位魔族は、人間を「下等種族」と蔑むことをはばからないのだ。

「なにを……まさか……あなた方……！」

彼らの憎悪のこもった刃に、クゥは怯む。

同時に、彼らの心中も察した。

「然り！　先王陛下はなにを考えたか、人類種族との和平路線などと言い出したが、そんなものは間違い！　新王が即位した暁には、すぐに撤廃する！」

彼らは、未だに人類種族との和平など受け入れていない。

それこそ、クゥとメイの二人を、「目に入ったと同時に殺そうとはしない」ことを「配慮」

と言うほどに、人類種族を嫌っているのだ。

「アンタら！　ブルーのやったことを全部なかったことにしようっての！」

「先王がご存命ならばこそ、我らも渋々従っていたにすぎん！」

メイが怒鳴りつけるが、モンブランは動じない。

それどころか、〝先王〟とまで言い出している。

彼にとって、もはやブルーは、過去のものなのだ。

「くっ……好き放題言ってくれんじゃないの！　そこのホワイティってヤツ！　ちょっと前出てきなさいよ！」

憤るメイは、直接トップと話をつけようと、ホワイティの乗る輿に近づこうとする。

「!?」

だがその前に、兵士たちが壁となり、その歩みを阻んだ。

「…………」

兵士たちの向こう、屋根付きの輿にはヴェールがかかり、顔はよく見えない。

だが、それでもわかった。

真っ白な雪のような肌に、氷のような冷たい目の美女。

それが、わずかに、メイとクゥを捉える。

全てを凍てつかすような、感情があるのかすら疑わしい眼差しであった。

（なに、この人……すごい、冷たい目………!?）

視線を向けられただけで、クゥは心臓まで凍りつきそうな寒気が走った。

「控えい！　人間風情が！　貴様らごときが、ホワイティ公と直接言葉を交わせるわけがなかろう！　分をわきまえろ！」

主に許可なく近づこうとしたからか、モンブランは語気を荒らげる。

「先王陛下の顔を立て、貴様らを殺すのは勘弁してやろう。すぐにでもこの城から出ていくがいい！」

「無茶苦茶です！」

クゥは抗議するが、モンブランは聞かない。

ある意味で、先のセンタラルバルドよりもたちが悪い。

話を聞こうとしない相手では、彼女の説得は無力に等しい。

「知ったことか！　これ以上開門を渋るならば、邪王家の総兵力をもって城攻めにかかるが、如何に！」

「ひいい!?」

モンブランの怒声に、ついに魔王城の衛兵たちは悲鳴を上げた。

「くっ……くうううっ……！」

一触即発の空気の中、メイは悔しさに呻くことしかできなかった。

数時間後――魔王城内、メイの私室。

そこに、メイとクゥ、そして、二人の味方である魔王城内の魔族たちが集まっていた。

なぜこの部屋に集まったかと言うと、他の主要な場所は、ホワイティ率いる邪王家の兵士たちが占拠してしまったからだ。

「なんつー手際の良さよ……」

額を押さえ、うなだれるメイ。

「勇者サン、そんなこと言ってる場合じゃないッスよ」

城内配送係のゴブリンの青年が困った顔で言った。

「連中、城内の武器庫、兵糧庫を占拠して、地下のダンジョンや、あげくに代々の魔王様が祀られた墓所まで押さえやがったんですよ」

もはや、事実上の武装解除状態。

落城した敵城に行うのと、同じことをやられたのだ。

「城の住人も、まともに働けないわよ……竈の火を入れるのさえ睨まれるんだから」

食堂で働いているマーマンのおばちゃんが、ただでさえ青い肌を真っ青にしていた。

「このままじゃ、なし崩し的に、この城ヤツラのモンになりやすぜ」

苦い顔をする庭師のリザードマン。

ここにいる面々は、魔王城内の非戦闘員。

城内の庶務雑用を任されている者たち。

それゆえにまだ比較的自由に動けたが、兵士たちのほとんどは詰め所に半幽閉状態とされ、武力での反撃は不可能となった。

「落ち着きなさい、わかってるから……今の所、ブルーの葬儀が終わるまではおとなしくしているみたいだし……」

そう言ってメイは、魔族たちを落ち着かせる。

彼らの最後の頼みは、奇しくも、魔王に匹敵する戦闘力を単独で有する、勇者であるメイだけだったのだ。

城をほぼ占拠した邪王家の者たちだが、新魔王即位は、前魔王の葬儀が終わってからという慣例があるため、やむなくそれに従い、魔王位にまでは就いていない。

しかし、葬儀はあと七日で終わる。

それが終われば、この城は、名実ともに彼らのものになってしまうのだ。

そうなれば、メイもクゥも、ここにいる魔族たちも、城を追い出されるのは間違いない。

居場所を、奪われるのだ。

「そもそも邪王家ってなんなんでしょう……」

「初代魔王様の血を継ぐ、魔王族直系以外の、高貴な家柄……と聞いております。ブルー陛下も、その一家のうちの一つの出だと」

クゥのつぶやきに、掃除係のキキーモラが答える。

「そういえば……前にブルー言ってたわね……直系の家系が早死にして廃れたんで、自分が引っ張り出されたって……つまりあれ、あいつの親戚ってこと？」

ブルーが魔王になるまでいろいろゴタゴタがあったことは、メイも聞いた。

なんでも八代目魔王の座を巡って、二つの勢力がぶつかり、血で血を洗う内戦まで起こりそうになり、これ以上の対立を避けるため、候補にも上がっていなかった傍流の三男坊に白羽の矢が立った。

それこそが、ブルーだった。

「あの邪王家ってのは、本来の魔王候補だったお家ってことね……なるほど、あんな殺気だらけの連中じゃ、魔族も滅びかねないわ……」

改めて、メイはブルーが、「魔王として変わり者」であったことを痛感する。

いつも緊張感のない穏やかな性格。

初めて会った時も、髑髏兜の全身鎧をまといながら、どうにもズレたところがあった。

だが、そんな彼だから、メイは救われた。

「あのバカ……なんで……急に……魔王のくせに即死で死ぬってありえないでしょう！」

思い出し、メイの体は震えだす。

魔族は決して、全ての者が、人類種族に融和的ではない。

しかし、この魔王城の住人たちは、ブルーのお人好し加減に影響されてか、気のいい者たちばかりだ。

まだ若きあの王がいたならば、少しずつ、その影響は広まっていっただろう。

いつかは、世界の全てが、緊張感のない、穏やかな笑顔で過ごせるようになったかもしれない。

「バカやろう！　あの大バカ魔王!!　なに死んでんのよ!!」

感極まって、メイは叫ぶ。

叫んでもどうしようもないことなど、誰よりもわかっているが、それでも叫ばずにいられなかった。

「メイさん……」

その気持ちが痛いほどわかるクゥもまた、涙を流す。

「くそっ……なんでこんなことに……」

「魔王様……ブルーさまぁ……」

「やだよ、こんなの……」

それだけではない、この部屋に集まった魔族たちも、皆、泣き始める。

なんのかんの言って、今の魔王城の気風を愛していた者たちなのだ。

「ブルーさん、助けて……お願い……もう一度、わたしたちの前に顔を見せて……」

思わず、クゥは思いを溢れさせてしまう。

「無理よ、もうあいつは……死んだ……それはもう……変わらない」

「いやそれがまだそうと決まったわけでもないみたいなんだよ」

このままでは、ブルーがいた証すら、全てなかったことにされてしまう。

その絶望の中、メイもクゥも涙することしか——

「あ？」

「え？」

ピタリと、二人の涙が止まる。

聞いたことのある声が、いきなり混ざった。

よく知った声、一番聞きたかった声。

もう聞けないと思った声だった。

「や！」

「…………」

「…………」

突如現れた彼を見て、二人は唖然とする。

間抜けなまでに大口を開け、信じられないとばかりに両目を開き、時を止められたように固まった。

「えへ」

そこに立っていたのは、死んだはずのブルーであった。

「なあああああああああっ!?」

「ぶぶぶぶぶ、ブルーさん!?」

ようやく思考が追いつき、声を上げる。

驚いていたのは二人だけではなかった、他の魔族たちも驚愕(きょうがく)したじろいでいる。

悲しみの見せた幻覚――まだ集団幻覚という可能性は残っているが――ではなさそうだった。

「アンタ、なに生きとんじゃーって……おりょ!?」

怒りと悲しみと喜びの裏返しで、「いつものように」メイは拳(こぶし)をブルーの顔面に叩(たた)き込もうとした。しかし、その拳はすり抜ける。

拳どころか、体ごとすり抜けた。

「アンタ……え………えええ!?　なにどーゆーことよ!!」

「あははは、元気そうで何より！　って、まだ四十九日も過ぎてないかぁ」

うろたえるメイをよそに、ブルーはあいも変わらず緊張感のない笑い声を上げていた。

「もしかして、幽霊ですか!?」

「うん、そうだよ」

恐る恐る尋ねるクゥに、ブルーはやはり笑顔で、かつあっさり応じた。

「迷って出てきたか………いや……うん……もういい……それでもいい……」

「メイくん？」

「また……会えたのなら、それでいい……死んでてもいいよ………」

困惑するメイであったが、それでも、一度は止まった涙をもう一度流し、ブルーに抱きつく……ことはできなかったので、彼の前で肩を震わせる。

「あ、いや、あの、その……そんな真剣になられるとこっちもこまるというか……」

メイの殊勝な姿に、今度はブルーがうろたえる番であった。

「自分の生き死にくらい真面目にやれー！」

「そうなんだけどねー、そうなんだけどねー！」

しかし、自分の死よりも、メイが涙を流して「自分との再会」を喜ぶ姿の方が重大事だったブルーに、メイは再びいつもの調子に戻ってツッコミを入れた。

「すいません。よろしいでしょうか」

そこに、さらにもう一つ、聞き覚えのある声が加わる。

その声音には、「そろそろ本題に入りたいんですが」という、ちょっと呆（あき）れた感情が混ざっていた。

「あ、すまない」

その声の方に、ブルーが振り返る。

「!?　あなたは……なぜここに!?」

その姿を見て、クゥは驚く。

そこにいたのは、数か月前に、激しい戦いを繰り広げた相手——税天使ゼオス・メルであった。

第二章　ソウゾクホウキ

半年近く前の話であった。

「世界の半分」をせしめようとした勇者メイ、同意してしまった魔王ブルー。

それをきっかけとし、天界より、税を司（つかさど）る天使ゼオスが降臨。

彼女の突きつけた一兆イェンの追徴課税を逃れるべく、世界最後の〝ゼイリシ〟クゥは、魔王城に招かれた。

そしてそこから、魔族・人類種族に激変が起こる。

彼女はいうなれば、現在のクゥたちのいる環境ができるきっかけとなった存在である。


「いろいろと、話すことがあるので」

久しぶりに現れた税天使は、今日も変わらぬ、無表情な仏頂面であった。

「税天使さんが……なんで……？」

「税天使が降臨したのです。税金以外のことで用事があると思いますか？」

クゥの問いかけにも、眉（まゆ）一つ動かさず答える。

「まさか……ブルーが幽霊になったのって……あんたの力？」

「ええ、そうですよ」

震えながら尋ねるメイにも、まるで今朝の朝食が目玉焼きだったと告げるように答える。

「本来なら冥府に旅立つところですが、死の執行を停止させました」

「アンタどんだけ万能なのよ……」

死した者を、霊魂の形とは言え現世に留めるのは、大賢者、大魔導師と呼ばれる者でも難しい。

それも、こんな安定した形で、誰にでも見えるほどはっきりと自我も維持させるなど、人類種族、魔族、双方の技術でも不可能とされている。

「私は、絶対神アストライザーより、〝税〟に関することにおいて、その権限を委ねられています。〝税〟にまつわることに限ってはアストライザーと同等の力を執行できると思ってください」

すなわち、〝税〟にさえ関係すれば、彼女は絶対の力を行使できるということなのだ。

「あの、そうまでして、一体何を……？」

困惑しつつ、クゥは尋ねる。

税に関してのなんらかの問題が起こったからこそ、税天使が降臨し、ブルーの死を止めるほどの力を使えたということである。

「それなんだよ、クゥくん。どうやら僕らはハメられたらしい」

「ハメられた……もしかして、邪王家の方たちが、なにかを……？」

困った顔で、ブルーは話す。

「うん……そもそもが、魔王族御三家っていうのは、直系の一族が途絶えたときのために作られた分家なんだ」

歴史上において、あらゆる王朝の根底が崩れる大きな原因は、「後継ぎ問題」である。

初代魔王ゲイセント一世は、その事態に備え、晩年に四人いた息子たちのうち、最も年長の者を二代目魔王に指名し、残りの三人には魔族領の要地三か所を拠点として与え、「王家に次ぐ一族」とした。

「二代目魔王の一族は宗家、残りの三家は、宗家の血脈が途絶えたときのために備えとして、御三家と呼ばれるようになったんだ」

三家はそれぞれ、邪王家、鬼王家、妖王家と名乗った。

そして数代を重ね、ついに危惧されていた、宗家の跡継ぎが不在の事態となる。

「僕のときに、それがすごくてねぇ」

思い出すのも億劫とばかりに、ブルーはため息をつく。

「八代目魔王を決める際に、邪王家と、先王の家臣団とが激しく衝突してね。結局双方疲弊してしまったので、和平案として、僕にお鉢が回ってきたんだ」

「先王の家臣団って……どういうことです？」

「まぁ官僚たちだね。正確には、六代目以降、ほぼ実質的に政務を取り仕切っていた者たちだよ」

クゥの質問に、苦笑いしつつブルーは答える。

数代重ねれば、王様なんてお飾りの存在となる。

「些事(さじ)は我らにお任せください」と、実権は大臣や官僚が牛耳るのだ。

また皮肉なことに、実はそうした方が、下手な独裁政権になるよりマシだったりする。

「邪王家は、古(いにしえ)のように王が絶対者として支配する体制に戻したかった。官僚たちは自分たちの既得権益を奪われたくなかったわけだ」

「バカみたいな話ね」

生まれも育ちも庶民、それも底辺層のメイにとっては、価値を見出(みい)だせない話であった。

「そう……だけど、一度始めてしまった以上、体面があるからね」

ブルーもメイの感想には完全に同意であったが、それでも彼は王族の生まれ。

くだらないと誰もがわかっているのに、続いてしまう騒動があることも、解(わか)っていた。

「なのでまぁ、僕みたいなヤツを立てて、今代は引き分けにしたんだ」

御三家にも序列があり、筆頭は邪王家、対してブルーの出身は一歩劣る鬼王家だった。

「あれ……でも、官僚の人たちって……どうしたんです?　会ったことありませんけど」

先代魔王の頃からの臣下ならば、彼らは今も魔王城にいるはずである。

「これがまた面白い話でね」

クゥの質問に、ブルーがなんとも味わい深い苦笑いを浮かべた。

「メイくんがけっこう倒しちゃったんだよ」

「ぶっ!?」

それを聞き、吹き出すメイ。

「ほら、百目の蟲王（むしおう）とか、妖華（ようか）の女帝とか、いなかった?」

「あ、うん……」

ブルーに告げられた名を聞き、メイはうなずく。

「あの人たち」

「あれかぁ～、あいつらかぁ～～～!!」

挙がった名前は、全て、メイが魔王城に辿（たど）り着く前に倒した敵ばかりであった。

「ああいう人たちって、内側でも権力争いしていてね、メイくんがちょくちょく倒したり弱体化させたりしたんで、内ゲバが起こって、残ったのを合法的に追放したら、不思議なことに僕は実権を得ることができてね」

「メイさんって……すごい……」

気づかぬうちに魔族の勢力構図を変えていたメイに、クゥは尊敬の目を向けた。

「そんなだから、邪王家は僕を恨んでいてね。ただのお飾りのはずが、権力を手にしてしまったと」

「なにそれ、逆恨みじゃない！」

メイは憤るが、邪王家からすれば、敵対勢力がいなくなったのに、まだ魔王の座にあるブルーは、「漁夫の利」を得たようなものだったのだろう。

「そうでなかったとしても、今魔王位を奪えば、自分たちが権力を握れる。彼らからすれば、僕をなんとかして排斥したいところだったのさ」

ここまで聞けば、「ハメられた」の意味もわかる。

ブルーが死んだと明らかになってからの、彼らのあまりにも素早い動き。

今回のこの事態に、関わっていないと考えるほうが不自然である。

「じゃあ……イリューは……あの子は、邪王家の方たちが送り込んだ刺客だったんですか？　でも……」

震えながら、クゥは尋ねる。

刺客を自分が連れ込んだ――というだけではない。

あの少女が、イリューが、自分に見せた姿が、全て偽りであったと知ることを、彼女は恐れていた。

「そう、それなんだ。それが今回の最大の問題だったんだ」

しかし、ブルーの返答は、ことがそんなシンプルな話で収まるものではないことを告げていた。

「あれは、あなた方が招き寄せたものなんですよ」

そこまで来たところで、ゼオスは「やっと自分の出番が来た」とでもいうように、口を開く。

彼女は、あなた〝方〟と言った。

すなわち、今回の騒動の根源である、「イリューによるブルー暗殺」は、魔王族同士の権力争いだけではなく、メイやクゥも関わっているということなのだ。

「二か月半ほど前、あなた方は、埋蔵金を発掘しましたね？」

「よく知ってるわね」

「税金に関することですので」

自分たちの金銭事情を正確に把握しているゼオスに、メイは不機嫌な顔になる。

「そうだ45％取られんのよね……」

そして同時に、〝イチジショトク〟として、半分近くが持っていかれることを思い出し、暗い顔になった。

「それとこれが、どう関係あんのよ？」

「あのイリューという少女は、埋蔵金の一部なのです」

「はぁ？　なに言って…………あ……そうか!!」

最初、メイは、ゼオスが何を言っているのかわからなかった。

しかし、すぐに思い至る。

「そういうこと……そうか、付きものよね、ああいうものには」

だが、あまりにも彼女が知るそれと、イリューがつながらなかったため、今まで気づきもしなかった。

「なんです？　一体、どういうことなんです？」

「クゥくん……よく聞かないかな？　古代の財宝を発掘した者たちが、次々と死んでしまう……的な話」

困惑するクゥに、ブルーが喩えを上げた。

「はぁ、そういえば……」

古の王の墓を暴き、財宝を手に入れた者たちが、ことごとく不審な死を遂げる——それこそ、財宝話の定番である。

「あの、え……？　じゃあ、あの子は、イリューは!?」

「呪いなのよ、埋蔵金を手にした者に降りかかる呪い！　〝生きた呪い〟ってわけよ！」

ハッと声を上げたクゥに、メイが答えを告げた。

「彼女がブルーを襲ったのは、名目上、埋蔵金を手にした者だと判断したのでしょう」

回収された埋蔵金は、そのまま魔王城の金蔵に納められた。

魔王城の持ち主はブルーである。

よって、「埋蔵金を得たのはブルー」という理屈で、イリューはブルーを襲ったのだ。

「埋蔵金そのものが罠だった……邪王家の人たちは、それを利用して、わざとわたしたちに見つけさせた……ということは！」

ここまで聞けば、聡明なクゥは、全てのカラクリを理解する。

邪王家は、魔王の座を奪うべく、ブルーを排除しようと企んだ。

しかし、魔王暗殺を行い、それが失敗、もしくは露見すれば、そんな弑逆を働いた者が、王座につくことはできない。

そこで、彼らは「埋蔵金の呪い」を利用したのだ。

初代魔王がかけた、埋蔵金の呪い。

それを暴いた者に、呪術によって作られた「生きた呪い」――イリューが襲いかかる。

おそらく、埋蔵金を掘り出す際の、呪いの警告もあったのだろう。

だがそれも全ての伝承が途絶えた今では、気づくことはできなかった。

「開ければ、魔王家の者でも容赦なく殺す呪い」――それを邪王家は、ブルーに開けさせることで、呪いによって暗殺させたのだ。

「あの魔女イリュー……ムーンバックさんも、グルだったということですね」

「そういうことよ。やってくれたわねあの性悪魔女!!」

自分たちを罠にはめた上、報労金までせしめていったムーンバックを思い出し、メイは歯ぎしりをする。

「まんまと僕らは引っかかってしまったということだ」

ブルーは深くため息をついた。

幽体ゆえ、息を吐く仕草をしても、実際に毛一本たりとも揺れはしない。

だが、ため息の一つもつかずにはいられない話だった。

魔王が、魔王の呪(のろ)いで死んだのだから。

「……なんて負の遺産よ！　初代様も、なんだってそんなものを後世に残したんだか!!」

ため息をつくブルーに、収まらぬ怒りを七〇〇年前の故人にぶつけるメイ。

「！」

だが、クゥだけは、別のことに気がついた。

「ん、どうしたのよクゥ」

その様子に気づいたメイが声をかけるが、クゥは目を見開き、ブツブツとなにかを呟(つぶや)きだす。

「………………」

ゼオスは感情の窺(うかが)えない表情で、じっと見ている。

「ゼオスさん、なんであなたは、今回のこの件に介入されたんですか？　魔族の権力争いは、あなたの管轄外のはずです」

「ええそうですよ。だから私は、あくまで、〝税〟に関することで降臨したまでです」

クゥの質問に、ゼオスはやはり、それ以上でもそれ以下でもない、という顔で返す。

だが、そこに、クゥは活路を見出(みいだ)した。

(ゼオスさんは、答えは言わない。でも、きっと多分、なにか手があるんだ。〝税〟の力で、この事態を解決することが可能なんだ)

複雑に絡まった今回の事件。

それを解決する方法、それこそが〝税〟なのだ。

根拠はある。

幽体となって戻ってきたブルーだ。

ゼオスは「税天使の権限」において、絶対神アストラザーの力を行使し、彼の〝死〟を停止させた。

だがそれは、好き勝手に使える力ではない。

ゼオス自身が言ったのだ。

「制限がある」と――

そしてゼオスは二度も言った。

「税のことでやってきた」と――

すなわち、ブルーの死には、〝税〟が関わっているのだ。

埋蔵金、邪王家の陰謀、死の呪い、イリュー――あらゆる事象がパズルのようにクゥの頭の中を駆け巡る。

（考えろ！　考えろクゥ！　なにか手がある！　死んで償えないなら、生きて全部をなんとかするんだ！）

せめてもの償いと、死を選ぼうとした自分を、メイは涙を流して止めてくれた。

ならば次は、自分がメイの涙を止める番だ。

「なんて負の遺産よ！」――

今しがた、メイの放った言葉が、頭をよぎり、思考の扉を開く鍵となった。

「負の遺産……そうか、負債なんだ！　これは全部負債なんだ!!」

答えを見出だしたクゥは、大声を上げた。

「ゼオスさん！　あなたが降臨した理由は……わたしたちが見つけた埋蔵金、それが〝イチジショトク〟かどうか、疑わしい、ですね！」

「そのとおりです」

クゥの言葉に、やはりゼオスは、眉一つ動かすことなく返す。

「それ以上でも以下でもありません」

そして、改めて、念を押すように告げる。

「ゼオスさん、あなたは……〝税〟に関することなら、絶対神アストライザーの力を行使できるんですよね？」

「ええ、あくまで、〝税〟に関することに限ってですがね」

その上で、クゥは確認を取る。

「なら、それなら……間違った税金の計上をしてしまった場合、その修正の結果、先納した税が還付される事態が発生したら、どうなります？」

税金は、基本的に申告制である。

すなわち、「これだけの儲けがあり、これだけの経費が発生し、これだけの控除があるので、課税対象となる所得はこれだけです」と申告した上で、〝ゼイホウ〟に則った税率がかけられ、納税額が決まる。

その申告が間違っており、課税額が過小に申告されていたら、追徴課税……すなわち、追加の税金を納める。

だがもし仮に、課税額が過大に申告されていれば――

「〝ゼイホウ〟の理に基づき、還付いたします。税金とは、取らなすぎても問題ですが、取り過ぎても問題ですので」

税天使は答える。

その時は、たとえ既に税を納めた後でも、修正された課税額に基づき、差額が……すなわち、納めすぎた税金は、還付される。

「本当ですね」

「本当ですよ」

クゥは、さらに念を押す。

「絶対ですね」

「誓いましょうか？　アストライザーの名のもとに」

ゼオスはついに、絶対神の名前すら出した。

天使にとって、アストラザーに誓うということは、己の全てを秤にかけるに等しい。

「ふふ……」

言質を取ったクゥは、震えながら天を仰ぎ、笑う。

「ね、ねぇ、クゥ……アンタ、なに言ってんの？　なにが言いたいの？」

まったく事態が把握できないメイは、うろたえながら、クゥに尋ねる。

「メイさん……生き返らせられます」

「へ？」

答えは、さらにメイを困惑させるものだった。

「ブルーさんを生き返らせます！」

「ええええ!?」

クゥはさらに、強く、声を上げ、希望の言葉を紡いだ。

「ブルーを生き返らせるって、どうやってよ？」

「アストライザーの力を借りるんです」

アストラザーは絶対神。

絶対の力の持ち手なのだから、死者を蘇らせることも可能。

しかし、それはあまりに現実味がない。

「クゥくん……絶対の神は、己の定めた掟に従ってその力を行使する。死者を蘇らせるのは、自らの掟に背く行為だ」

ブルーは、クゥの思いを理解しつつも、不可能であると言わざるを得なかった。

「ええ、ですから、掟に従って、〝返して〟もらうんです」

だが、そんなことは、クゥは百も承知だった。

わかった上で、それをなす方法を見つけたのだ。

「全ての元凶は、〝埋蔵金〟です。あれを手にしてしまったので、ブルーさんは、死ぬことが決定していたんです」

呪いは、一種の「先払い」だったのだ。

金銭を得る代わりに、命を渡す――という。

「そういえば、アタシの光の剣すら、あいつには効かなかった」

「僕の魔法防壁もね……最初から、なかったもののような反応だった」

言われて、メイとブルーはあの時の光景を思い返す。

「それも、呪いの一種なんです。埋蔵金を手に入れた段階で、〝死を受け入れた〟という判断なんです」

ブルーの魔法も、メイの剣も通用しなかったのではない。

すでに「結果が確定していた」ため、干渉できなかったのだ。

「因果を逆転させ、結果を確定させる。それゆえに呪い、まさに〝絶対の死〟なわけか………だが、それをどうするんだ？　〝ゼイホウ〟の力でなんとかできるというのかい？」

「ええ、根本を再申告するんです」

ブルーに問われ、クゥは自信をもってうなずいた。

「あの埋蔵金は、初代魔王さんが残したものですよね？」

初代魔王が、後世の者たちのために遺した、それが埋蔵金の由来だ。

「そこなんです。わたしは、埋蔵金の収入を〝イチジショトク〟としました。でも違う。これを〝イサンソウゾク〟とすればいいんです！」

それこそが、クゥの秘策の核心であった。

「それだと……なんか、違うの？」

メイが首をひねる。

遺産としての収入と考えれば、なにかが変わるというのか。

だが、違った。大きく違ったのだ。

「ええ、違います。遺産とは、正の遺産と負の遺産があるんです」

お金や土地、高価な物品など、価値のあるものが〝正の遺産〟。

そして、借金や負債などが〝負の遺産〟となる。

「債務者が死んだからといってナシにされては、お金を貸した人はたまりません。なので、故人の正の遺産を受け継いだならば、その負債も……すなわち、借金の返済などの負の遺産も、受け継ぐ義務があるんです」

「こわ～……うっかり相続できないわね。財産目当てで相続した後、実は借金ありましたとか言われたら堪ったもんじゃないわよ」

「そうです。堪ったもんじゃありません。だから……〝ソウゾクホウキ〟という手段があるんです」

「…………」

ソウゾクホウキ――その言葉をクゥが口にした瞬間、ゼオスの頰が、わずかに動いた。

「〝ソウゾクホウキ〟とは、相続権の放棄です。正も負も、一切の遺産の相続を、放棄することです」

「つまり、それって……」

ここまで話せば、いかなメイでも、クゥがなにを言いたいのか、分かり始めてくる。

「埋蔵金は、初代魔王さんの遺産でもあります。その相続を放棄するんです。そうすれば、死の呪いも放棄されます。〝ゼイホウ〟の理に基づいての申請ですから、『納めすぎてしまった』

ものは返されます。すなわち……」

ブルーの死も、「なかった」ことになる。

死んだ者は生き返ることはない。

だが、「死んだ」ことを、「なかった」ことにならできる。

〝ゼイホウ〟がアストライザーの定めた絶対の掟ならば、〝ゼイホウ〟に基づき、命を還付させることも、絶対に可能なのだ。

「呪いの力がどういう因果によるものでも、絶対神の力を上回るとは考えられません。なら……ブルーさんは生き返ります！」

「「――――!?」」

クゥの見つけ出した、この絶望的状況をひっくり返す妙案を聞き、メイとブルーは息を呑んだ。

「どうなのよ税天使！」

「どうなんだい、ゼオスくん」

そして、確証を得るべく、ゼオスを問いただす。

「………理屈の上では、可能です」

しばし言葉を選んだ後、税天使は、クゥの考えを肯定した。

「ホントなのね」

「虚偽を働く理由が私にはありません」

なおも問いただすメイだが、答えは変わらない。

少なくともゼオスは、税に関することは、正しいことしか言わない。

ならば――

「…………よし……よし！！」

メイは拳を握りしめ、天を仰ぐ。

「まだ挽回できる、終わりじゃない!! そうよね、クゥ！」

「はい!!」

突如訪れた絶望の闇、それを切り裂く光明が見つかったことに、二人は声を上げて喜んだ。

一方――

「…………ゼオス？」

「なにか？」

ブルーは、自分の復活という話題を前にしながらも、落ち着いた声で、天使に問う。

「キミはもしかして、このことをクゥに伝えるために……わざわざ降臨したのかい？」

ブルーは、ゼオスの降臨は、「自分たちを助けるため」ではないかと思った。

そうでなければ、あまりにもタイミングが良すぎる。

「私は税天使です。〝税〟を司る天使です。そしてお忘れですか？ あなた方は、先の税務調査で、その納税姿勢に問題ありと、指導対象になっているんですよ」

「だから、それだけだと？」

「それだけです、他に理由はありません」

しかし、税天使は相変わらずの無表情であった。

自分はあくまで、「税の指導」を行っただけだ。

それは一時所得ではなく、遺産相続ではないかと暗示しただけ。

「まぁ………」

しかし、ゼオスはわずかに目をそらす。

無表情で、口元には笑みの一つも浮かんでいない。

だがその視線の先には、喜び、手をつないで踊りだしている、メイとクゥがいた。

「その結果、あなた方がどう感じようが、それはあなた方の勝手です」

「ふふ……」

その姿は、まるでなにか、照れくさそうにしているように、ブルーには見えた。

「さて……クゥ・ジョ？　〝ソウゾクホウキ〟に必要なものがなにかは、あなたは知っていますか？」

気を取り直し、ゼオスは己の職分を果たそうとする。

すなわち、〝ソウゾクホウキ〟の手続きに関してであった。

「魔王ブルーを蘇らせたいのなら、私が幽体としてこの世にとどめていられる7日以内にそれをなさねばなりません。できると思っているのですか？」

ゼオスの力をもってしても、ブルーの死を止めることができるのは一週間。

それまでに〝ソウゾクホウキ〟を行わなければ、生き返ることはできない。

「〝ソウゾクホウキ〟は、本来は当人の宣言をもって受理されます。しかし、それはあくまで、死者の財産を生者が相続する場合のみ……」

すでに、ブルーは死んでしまっている。

被相続人の生前に相続の放棄ができないように、相続者の死後に、相続の放棄もできない。

そもそもが、「霊体の状態での相続放棄」など、想定の外なのだ。

「なら、他の相続権を持つ人たち全員に同意を得れば、同様の権利を得られるはずです！」

相続権を持つ者たちとは、すなわち、初代魔王の血を引く者たちである。

彼ら全員が「霊体のブルーのソウゾクホウキを、生前と同様のものである」と認めればよいのである。

「つまり……この場合は、魔王族御三家全ての同意を得るということか」

「一つはアンタの実家なのよね？　なら、協力してくれるでしょ」

御三家の一つは、ブルーの家である。

事情を話せば、協力を拒むことはないだろう。

「ああ、もう一家もウチとは縁がある。話せばわかってくれるだろう」

一家は直の実家で、もう一家も、少なくとも敵対はしていない者たち。

そうなると、最大の壁は――

「邪王家……あそこが、すんなり認めてくれるかどうか……」

そこにいたり、最大の障害が、一周回って、事態の首謀者である邪王家であることが明らかになった。

「あの女か……」

城門前でのことを、メイは思い出す。

あの冷たい眼差し、まともな説得が通じる相手と思えなかった。

「方法はあります！　ただ……その前に、他の二家からの同意を得る必要があります」

だが、クゥにはそれに対する策がすでに存在しているのか、まずは確実に同意を得られるところに向かうことを提案した。

「僕の実家の鬼王家は西の端、もう一つの妖王家は東の端、逆方向だ。どんなに急いでも、十日はかかる」

魔王族御三家は、それぞれが、大陸における魔族領の要衝の守り手の側面も持つ。

普通に巡っていては、七日では間に合わない。

「でも、片方ずつなら、一週間以内に帰れますよね？」

そこで、クゥは二手に分かれることを提案する。

しかし、大人数での移動はできない。

魔王城の兵士たちは皆、邪王家に抑えられているし、ブルーたちが動いたことを知れば、なんらかの妨害工作をされるかもしれない。

「手分けするしかないわね。アタシは鬼王家に向かう。クゥは妖王家……大丈夫?」

「はい！　やってみせます！」

提案するメイに、クゥは強い意志をこめた目で応えた。

「おっしゃー、反撃開始よ!!」

かくして、〝ソウゾクホウキ〟大作戦が始まった。


一方、魔王城、魔王の間――本来の主であるブルーが公式には死去したことで、この場に、邪王家の公主、ホワイティが座していた。

そして、その前に立つモンブランがつぶやく。

「ふむ……連中め、動き出したか……まぁいい、それもこちらの計算通り、むしろこうすることが目的……」

クゥたちの動向は、すでに邪王家の者たちに筒抜けであった。

城内に使い魔を配置する。

盗聴の魔術、魔道具を設置する。

方法は色々ある。

「なにせ、城内に居られては、手出ししづらいですからね」

ことが始まる前に、敵陣に味方のふりをして潜入させ、それらの仕込みを行えばいい。

それを行ったモンブランの前にいる女――魔女ムーンバックが、おかしそうに嗤(わら)う。

「では我々も、手分けして……」

「うむ、奴らを片付ければ、ホワイティ公の魔王即位を邪魔するものはいなくなる」

モンブランは、「ブルーの顔を立てて」、メイとクゥに危害を加えなかったのではない。

単に、衆人環視のもと、殺すのははばかられただけだ。

「…………」

まだ魔王になったわけでもないのに、玉座に腰掛けるホワイティは、モンブランとムーンバックの二人を、ただ冷たい眼差(まなざ)しで見つめていた。

第三章　チェリーパイをあなたと

Brave and Satan and Tax accountant

「おらおらおらおらおらどっこいしょー!!」

ここは、魔王城から、徒歩なら三日。

馬でも丸一日はかかる荒野の一本道。

そこを爆走する人影があった。

それは、相続権放棄の同意書にサインを貰うため、ブルーの実家、鬼王家の城に向かう真っ最中の、メイであった。

(アタシの脚力なら、一週間どころか、三日もあれば十分よ!!)

魔王城を出てから一日で、彼女は通常の倍以上の距離を駆けていた。

(あんな卑怯者どもに、好きにはさせない!!)

メイは、転移魔法は使えない。

そこで、最初は馬を使うように言われたが、昼夜兼行で走ったため、先に馬がバテてしまい、「自分で走ったほうが早い」と、自力での走破に切り替えたのだ。

無論、ただの超人的な身体能力ではない。

筋力増加と疲労軽減の魔法を自らにかけ、さらに、「用いれば毒の沼とて駆け抜ける」力を持つ、勇者専用のレアアイテム、「疾風のブーツ」を併用してのものである。

(ブルーを生き返らせて、アイツらの陰謀を暴いて……そして……)

「――――ん?」

なにかが、後方から追ってくるのを感じ、寸前で横に跳んだ。

「なに!?」

その直後、ついさっきまでメイが走っていた場所に、爆発が起こる。

火薬などの爆発ではない。

魔法によるもの、しかも、魔族の気配。

「やっぱりきたか」

予想通りであった。

予想通りすぎて、呆れるほど。

「…………………」

上から下まで、真っ黒な鎧をまとった重装備の騎士が現れる。

一人二人ではない、全部で十人。

揃いの装飾に装備、個を廃した、集団戦闘の訓練を受けた者たちだろう。

「名前くらい名乗んなさいよ………」

貴族や王がいるように、人類同様、魔族にも騎士は存在する。

大半の魔族は、生まれついての自分の能力を武器とするが、彼らは、魔族ゆえの身体能力の高さに、技能を加えることで力を倍加させ、さらに強力な武具を纏うことで、他と一線を画す戦闘力を有する。

「…………！」

騎士たちが、徐々に円を描くようにして、メイを取り囲む。

彼らは単独でも強力だが、真の恐ろしさは、「集団戦闘」にある。

生物としての「群れ」の攻撃ではなく、戦術を身につけた組織的な攻撃。

それによって彼らは、時に巨大なドラゴンにすら匹敵する力を発揮する。

「…………!!」

何の合図もなしに、ほぼ同時に、騎士たちの剣がメイを襲う。

円形に包囲されての一斉攻撃。

上下左右前後、どこに逃げようが、確実に刃が襲う、必勝の陣形。

されど――

「しゃらくさい!!」

メイ・サーは、巨大なドラゴンすら圧倒する、〝勇者〟であった。

光の剣をすばやく引き抜き、刀身を発現させると、大地に刃を突き刺す。

同時に、刃を介して、彼女の凄まじい闘気が地面に流れ込み、地面から間欠泉のように噴き出した。

「…………!?」

足元という死角からの攻撃に、騎士たちは動揺し、吹き飛ばされる。

統率された集団戦闘、その統率の糸が途切れたのを、メイは見逃さない。

「アンタらじゃ、力不足なのよ！」

空中に吹き飛ばされた彼らを、己も地面を蹴(け)って跳び上がり、追撃する。

「トロい！」

地面に落ちるまでの時間は、一秒もなかった。

だがそれで十分であった。

十人いた騎士のうち、五人までが、メイに斬(き)り伏せられ、地面に落ちる。

「!?」

うろたえる騎士たちは、ようやく自分たちが、彼我の戦力差を致命的なまでに見誤っていたことに気づく。

しかし、それこそもう遅かった。

「そこそこ高位の魔族のようね。十人もいれば城の一つも落とせるか……」

不敵に笑うメイを前にしても、彼らは撤退を選ばなかった。

唯一と言ってもいい「有効な戦術」は、もはや「背中を向け、後ろを振り返ることなく、全速力で逃げる」だけであったろうに。

それでも、ひとり生き延びられれば上等な状況であった。

「アタシを誰だと思ってんの？　一人でも城の三つ四つは落とせんのよ」

騎士たちをにらみつけるメイ。

なおも「逃げぬ」彼らを、さらなる交戦の意思ありと判断し、容赦なく攻撃に転じる。

「あんたらじゃあ……力不足だって言ってんのよ！！！」

光の剣が閃く。

一薙ぎで二人が倒され、返す刃でもう一人が上段から斬られる。

それを知覚する前に、もう一人が刺し貫かれる。

瞬く間――と書いて「瞬間」。

まさに、ひとまばたきの間の出来事であった。

「どうせ邪王家の連中でしょ？　アタシたちの妨害に来たわけでしょ？　うんうん、言わなくてもわかる。あのね、言わなきゃわからないなら言ってやるけど……アタシブチギレてんのよ」

メイは怒りに震えていた。

ブルーを殺し、クゥを悲しませた。

しかも、イリューという、一見ただの少女を、〝生きた呪い〟として差し向けるやり口。

二人のお人好し具合を利用したのだ。

「よくもまぁ、人の亭主を殺してくれたな……死んで償え」

絶対に許さないと、必ず報いを与えてやると決意していた彼女の前に、向こうから現れたのだ。

それを逃す気などない。

閃光の斬撃の連続をもって、最後の一人は切り刻まれ、崩れ落ちた。

「クゥと分かれて行動しててよかったわよ、あの子の前で、こういう姿見せたくなかったから」

勇者として、人類最強とまで言われるメイ。

そうなるまでの間に、人に言えるようなキレイなことばかりしてきたわけではない。

少なくとも、己に害をなそうとした者たちに、冷徹に応じてきたからこそ、今がある。

「なるほど、大した力だ……人間風情が、高位魔族にも匹敵する戦闘力だ」

少しだけ、悲愴な顔となっていたメイに、聞き覚えのある声がかけられた。

「出たわね岩坊主。来てくれて嬉しいわ」

「ほう、歓待するかね？」

現れたのは、サー・モンブラン。

ホワイティ公の腹心、魔王城にて、メイやクゥを徹底的に蔑んだ男だ。

「当たり前よ。アンタ、ブルー暗殺の親玉の一人でしょう？　全員ぶっ殺す気だったから、そりゃ出てきてくれて嬉しいわよ」

　ブルー復活のために走る自分の妨害に現れたということは、モンブランもまた、ブルー暗殺に関わっていた人物の一人という証拠である。

「言うではないか……たかが人間が」

「はぁっ!!」

　なおもメイを〝人間〟と侮るモンブラン。

　その隙を、見逃すわけはなかった。

「むぅ!!」

　一瞬で、なんの予備動作もなく斬りかかるメイ。

　常人ならば――否、かなりの達人でも、反応できず首を落とされる疾さであった。

「へぇ……ただの文官かと思ったら。そこそこやるみたいね」

「舐めるな人間……」

　だが、モンブランはそれを防ぐ。

　手下の騎士たちが全滅してなお、余裕の顔で現れたのは、倒された彼らを合わせた以上の力を、当人が持っていたからなのだ。

「見るがいい、我が秘奥を!!」

　モンブランが手をかざすと、周囲一体の土がめくれ上がり、巨大な牙のように変じた岩が襲いかかる。

「むっ！」

メイは素早く飛び退るが、岩は彼女を追うように次々と地面より生え、ついに、その牙で押しつぶした。

「良い機会だ、教えてやろう。埋蔵金を利用した暗殺計画、あれは我が発案よ」

いかに最強の力を持っていようが、体は人間。

圧倒的な質量の前には、抗するすべはない。

「埋蔵金伝説はな、妙な形で伝わっていたが、あれは一種の報復装置なのだ」

ゆえに、もうこれで息絶えただろうという安堵から、モンブランは朗々と、己の陰謀の「種明かし」をする。

「いかなる王朝も、いずれは滅びる。滅ぼされる時が来る。その際、自分を滅ぼした相手を、地獄へ道連れにするための毒よ」

舞台の上の役者のようにまくしたてる彼に、冷ややかな観客のような声がかかる。

「言っている意味がよくわからない、りんごで喩えて」

「な……!?」

メイを押しつぶしたと思われた岩が、重い音を上げながら開いていく。

「無理か、アンタにクゥほどの説明力を求めるのは酷って話よね」

そこから顔をのぞかせるメイ。

しょせんは人間、高質量の前に抗うことはできない。

だが、それはあくまで「ただの人間」の話。

メイはそんな領分、とっくの昔に超えている。

「貴様、バケモノか！」

「やかましい！　さっさとアタシにぶっ倒されろ！」

岩を力づくではねのけると、素早く光の剣を構え、上段からモンブランに斬りかかる。

「ぬっ⁉」

だが、見えざる壁が、光の刃をはねのけた。

「無駄だ。我は魔族随一の結界術の使い手……我が防壁を突破するは不可能‼」

「物理攻撃を全て無効化ってこと……なら‼」

モンブランが展開した不可視の壁を砕こうと、今度は爆熱魔法を撃ち放つ。

爆音、轟音、そして爆煙――しかし、それが晴れたのちに立っていたのは、嗤うモンブランであった。

「物理攻撃を防げて、魔法攻撃を防げぬと、なぜ思うのかね？」

「しゃらくさい……」

メイは専門の魔法使いではないが、それでも彼女と同格の攻撃魔法を使いこなせる者は、人類種族に十人もいない。

モンブランの結界は、とっさに展開したとは思えぬほどの、強固かつ強力なものであった。

「イージス理論というのを知っているかね？　防御が完璧であるならば、攻撃は最小ですむのだ」

言いながら、モンブランは攻撃に転じる。

指先から生じる、高出力の魔力弾の連射。

「ちいっ!!」

舌を打ち、メイは躱す。

一撃一撃は、それほど大した力ではない。

しかし、絞り、凝縮して放たれたそれは、当たれば確実に肉を貫く。

「避けろ避けろ、好きなだけ避け続けるがいい。貴様に反撃の手はない」

「……ったく……うっとおしい」

断続的に放たれる魔力弾を、走りながらメイは躱す。

「存分に憎まれ口を叩くと良い。なぶり殺しにされる者の数少ない権利だ」

自分は安全地帯に立ち、相手の体力が切れるまで、最小の労力で勝つ。

それがモンブランの戦法であった。

「間抜けが」

「なに？」

「いかにもな文官の発想よ。政治の場ではそれなりに強いんだろうけど、実際の戦闘の経験は少ない」

だが、だからこそ、メイはモンブランの「底の浅さ」に気づいた。

「仮にも魔族の御三家が？　暗殺とは言え、引き連れた兵の数が少ない。ましてや謀略の主が自ら出張る……なるほど、見えてきたわよ」

普段は、クゥやブルーの話についていけず、おつむが弱いように見えるが、メイは決して、バカではない。

むしろ彼女は、頭の回転を、「戦場での戦闘」に最適化している。

「アタシはね、クゥやブルーみたいに頭良くない。〝ゼイホウ〟のことも経済のことも政治のこともわかんない。でもね、場数は踏んでいる。アンタみたいな連中と何度もやりあってきた」

そのメイの頭脳が、このわずかな交錯で、モンブランのみならず、彼の勢力の「程度」を見抜いた。

「だからわかるのよ。アンタら……邪王家を掌握しきってないでしょ？　かなり無茶をしている」

「………」

モンブランは答えない。

だが、頰(ほお)に伝った冷や汗一筋が、万の言葉に勝った。

「あら？　当たり？　あ、やっぱり……」

「黙れい人間風情!!」

「アタシも人のこと言えたギリじゃないけど、口で負けたからって力づくなのはどうかと思うわよ」

「黙れと言った！」

メイの煽りに激高したモンブラン、さらなる魔力弾を連射する。

しかし、弾数を増やしたにもかかわらず、かすりもしない。

「そのバカの一つ覚えも飽きた！」

言うや、メイは腰に繋げていた盾を構える。

「盾だと？」

訝しむモンブランの魔弾を、メイの盾は弾いた。

「ほう、勇者の特別装備というわけか……だがどうする、こちらの手を防ぐだけでは千日手だぞ」

メイの持つ盾、「青玉の盾」は、モンブランの結界同様、あらゆる物理、魔法攻撃を防ぐ。

とはいえ、彼女はあまり盾を用いない。

「基本的にね、アタシ、イケイケで攻めるタイプなんで、防御とか防具とかあんま気にしないのよ。当たらなければ紙の盾と紙の鎧でもいいわけだし」

理由は単純で、メイの戦闘スタイルは「先手必勝」——先の先を取る戦い方なのだ。

よって、防御は最小、それよりも身軽さを優先させ「当たらない」ことを是としている。

兜（かぶと）などを用いないのも、頭部への攻撃よりも、視界が遮られ、敵の攻撃を「見きるのが遅れる」ことを警戒してだった。

「でもアンタみたいなタイプには、こういう戦い方がいいのよね」

しかし、それはあくまで、彼女の「得意」もっと言えば「好み」の話。

相手に合わせて、それにふさわしい最適の戦法に切り替えるなど、造作もないこと。

「なにを言うやら……持久戦になれば基礎体力の劣る人間が不利。そうでなくとも貴様らには時間制限があるのだろう？」

しかし、モンブランは気づかない。

むしろ、メイの強がり、もしくはハッタリだとさえ思っている。

（時間制限……ブルーの復活まで、期限があることも知ってるのか……ったく、耳の良い連中だこと）

心中で苦虫を嚙（か）み潰（つぶ）しながらも、それを表には出さない。

「なにが言いたいのかわからないけど、アンタはここで死ぬ」

「なにを……？」

相手の挑発に乗らない。

それは戦闘における基本中の基本なのだ。

「青玉の盾、発動!!」

そして、メイは粛々と、自らのタクティクスを展開していく。

青玉の盾は、ただの防具ではない。

防具としても超一級だが、そこには、魔法道具としての側面もある。

「この盾……後ろのスライドを開く度に、光の弾が一つ生まれる。この光弾が結ぶ線が面となり、壁となる」

盾が輝きを増し、メイがスライドを開く度に、光弾が生まれていく。

そして弾と弾が光の線で結ばれ、面を構成し、光の壁を生む。

モンブランの魔弾をもってしても、その壁は砕けない。

「ぬっ…………」

「この壁はアンタの結界と同じ。魔法も物理攻撃もキャンセルする。絶対不可侵の壁……ねえ、その壁をこうしたらどうなるかな?」

だが、不可侵の壁を双方が展開しているだけでは意味はない。

膠着（こうちゃく）状態の発生は、メイの目的ではない。

放たれていた複数の光弾は、さらに組み合わさり、箱状の形で、モンブランの周囲に展開された。

「なにっ……こ、これは……」

「面は組み合わせれば立体になる……今アタシはアンタの周囲に結界を張った」

それをようやく、モンブランは悟り始める。

しかし、気づいてからではもう遅かった。

「そして、その結界を収縮させれば!!」

メイは、防具を防具として用いなかった。

結界を結界として使わなかった。

「結界の内部に封じ込め、そのまま圧殺する気か!?　愚かな、私の結界で押し止めるまでだ!!」

メイは、あくまで攻撃の手段として、「青玉の盾」を用いた。

だが、その真意までは、モンブランはまだ理解していなかった。

「そう、そうするしか——……」

「ん……なんだ……声が……聞こえない……?」

「…………」

「なに!?」

メイの声が聞こえなくなったと思ったら、周囲の景色が闇に包まれる。

いきなり夜になったのではない。

光一つない、暗黒に包まれたのだ。

「なんだ……いきなり光が消えた……いや違う……まさか、これは……」

「もうアンタはアタシの声も聞こえないんだろうね。それどころか、光を失い闇の中にいる」

うろたえるモンブラン、その声も姿も、彼の周囲の音も景色も見えなくなったように、結界の外にいるメイには伝わらない。

「あらゆる干渉を拒む結界の二重展開。空気も、光すら、もうアンタに届かない」

音とは、空気の振動によるもの。

視界とは、光の反射によるもの。

二重に展開された結界は、振動も反射も、あらゆる物理現象をシャットダウンした。

「ねぇ、そんな中で、どれだけ耐えられるかなぁ。完全密室だよ。空気も入ってこない」

「ち、窒息死させる気か!? ば、バカな!!」

奇しくも、結界の内部でのモンブランの叫びは、メイの声に応じたように思えた。

だがそれはただの偶然。

彼の叫びは外には届かない、ゆえに、その声に答えることはない。

「アンタがなにを言っているかわからない。ただ、気付いたみたいね、時間制限はアンタの方がタイトだ」

魔族だろうが人だろうが、息が詰まれば死ぬ。

空気がなくなり死ぬまで、そう時間は掛からない。

「まぁその前に、酸素不足で集中力が失われる方が先だろうけどね」

そうなれば、モンブランは自分が張った結界を維持できなくなる。

その瞬間に、その外側に張られた、メイの結界が押しつぶす。

「あとどれくらいかしらね。一分？　二分？　それとも……」

しばし、メイは口を閉じる。

静寂が、辺りを支配した。

十分、ほどであろうか、パンと、弾けるような音が響く。

「ああ、終わったわね」

くだらない作業を終えたような声で、メイはつぶやき、結界を解除した。

潰された肉片がぼたぼたと落ちる。

「ホントはね、もうちょっと違う戦い方もできたんだけど、あえてこういう手を使わせてもらったわ」

如何にして勝つかより、如何にして「壊すか」に重点をおいての戦闘であった。

「アンタは、ただの〝殺し方〟じゃ許せなかったからね」

その時のメイの目は、彼女が魔王城の住人たちには見せない、酷薄なものだった。

それこそ、まさに、邪竜卿が「バケモノ」と称した者の目。

「さてと……んじゃ、行くかな」

これ以上ここにとどまる理由はないと、メイは再び走り出す。

残されたものは、サー・モンブランであった肉片のみ……

それが、わずかに蠢(うごめ)いたが、それを目にする者は誰もいなかった。

一方その頃、クゥの方は、邪竜卿の背中に乗り、東の果てにある妖王家の城を目指していた。

「ふえええええ〜〜」

顔に当たる風の強さと冷たさが、クゥを容赦なく襲う。

「おい嬢ちゃん、もうちょっと速度落としたほうがいいんじゃねぇか?」

「だ、大丈夫ですぅ〜……気にせず……最高速度で……!」

しかし、邪竜卿の気遣いも、クゥは拒む。

「無茶はいけないよクゥくん」

「でも……今は無茶しないと……!」

霊体の姿で同行しているブルーも心配そうに声をかけるが、それでもやはり、クゥは拒んだ。

「陛下、ここは、嬢ちゃんの意志を尊重してやろうぜ」

「うん……」

クゥの思いに配慮した邪竜卿に、ブルーはどこか申し訳なさそうに同意した。

「陛下が死んだと思って、嬢ちゃん……自分まで死のうとしたんだぜ」

「邪竜卿さん、それは……」

邪竜卿は、ブルー暗殺後、クゥの落ち込んだ姿を目の当たりにしていた。

「ちっせぇ体で死ぬほど苦しんだんだ。ようやく陛下を助けられると知って、ふんばってんだよ。なんでも優しくすりゃいいってもんじゃないと思うぜ」

世の中、「無理ができる」というのが、救いとなる場合もある。

なにもできない無力感に苦しむことこそ、ある意味で、絶望なのだ。

「うん……そうだな……すまない、クゥくん」

「いえ、そんな……あの……すいません！」

謝るブルーに、クゥの方があわてて頭を下げていた。

「邪竜卿さん……あの、ありがとうございます」

「キミって、意外とデリカシーのあるドラゴンだったんだね。人類種族のクゥくんにそんなに優しく接してくれるなんて、驚きだよ」

巨大な体に巨大な翼、鋭い爪と牙を持つ、竜族でも屈指の豪傑が、人間の少女に優しい気遣いを見せるなど、魔王でさえ驚く光景である。

「いや、その……あんまりこういうこたぁ言いたくないですが、陛下のその……あの、勇者に比べれば、その……」

「あ、うん、そうだね……メイくんの激しさに比べれば、クゥくんはその、ねぇ」

「怒ると殴らないだけずっとマシと言うか……」

「怒ると殴るんだもんねぇ……」

犬に噛(か)まれたことのある者は、その後、別の犬と接する時も、怒らせないように気を使うという……同様に、人類種族最恐の狂犬たるメイと接した邪竜卿も、同じ人類というだけで、クゥに対しても気遣いができるようになったのだろう。

「魔王とドラゴンの長に恐がられるメイさん……」

メイのストロングぶりに、クゥは苦笑した。

と――

「え!?」

突如、爆発音が響いた。

「ぐあっ!?」

空を飛ぶ邪竜卿の腹に、何者かが地上から攻撃を放ったのだ。

「邪竜卿、どうした!」

「なにかが、腹に………ぐあああっ!!」

ブルーに問われ、うめき声を上げる邪竜卿。

鋼鉄よりも強固な鱗を持つドラゴンでも、腹部は防御が薄い。

「嬢ちゃん……掴まってろ……落ちる……」

「きゃあああああっ！」

かろうじて、力を振り絞り、乗っているクゥへの被害を最小限にする形で、邪竜卿は不時着した。

「ううう……」

「クゥくん！　大丈夫か！」

霊体のブルーには、物理的な干渉は意味をなさない。

「はい、わたしは……でも、邪竜卿さんが……」

クゥをかばった分、かなりの衝撃を食らったのか、邪竜卿は苦しげにうめいていた。

だが、そこにブルーは違和感を覚えた。

「竜族の長の邪竜卿が……最大クラスの攻撃魔法でも彼の身体は阻んだぞ！」

竜族は魔族の中でも最強に数えられる。

生物にとって腹は急所ではあるが、それでも一撃で飛行不能になるほどのダメージは負わない。

「なんか……変なもんが……」

「邪竜卿さん……お腹に、なにかが刺さってます！　これは……一体？」

「それだ……そいつが……くそっ！」

呻く邪竜卿、クゥが腹を見ると、なにか真っ黒な槍のようなものが刺さっていた。

「待っててください、すぐに抜きます！」

「ダメだ、触るんじゃない、クゥくん！」

「え!?」

クゥは抜き取ろうとしたが、ブルーの叫びに手を止めた。

「それは……対ドラゴン用の呪術兵器だ！　打ち込んだ術者以外が触れれば、人類種族ではそれだけで死ぬぞ！」

「ひっ!?」

竜族は強固な肉体と、凄まじい生命力を持つ。

そんな竜族を倒すため、その旺盛な生命力を逆に利用し、体内に呪術紋様を打ち込み、「生命の設計図」とでも言うべきものを書き換え、内部から破壊するという兵器が作られたのだ。

「こんなものを使うのは、一人しかいないな……」

現在、この呪術兵器は、魔王城の武器庫にて厳重に保管されている。

そこから持ち出せた者がいるとしたら、今現在、魔王城を事実上支配している者たち。

すなわち……

「お察しのとおりですわ、陛下……驚きました、まだ死に損なってらしたとは」

現れたのは、魔女ムーンバックであった。

「魔女のおばさん！」

「誰がおばさんか！」

思わず叫んでしまったクゥに、ムーンバックは目を吊り上げて怒鳴った。

「おばさんの歳だろ、五百は近いはずだぜこいつ」

呆れながら邪竜卿がツッコむ。

たいがいとてつもない苦しみに襲われているのだが、それでも言わずにいられなかったのだろう。

しかし、それはさらに魔女の逆鱗にふれる言動であった。

「だまりなオオトカゲ!!」

「があああああっ!?」

怒るムーンバックが、手に持っていたワンドを振り上げるや、邪竜卿に激痛が襲いかかる。

彼の体に刺さった呪術兵器が、その威力を増し、内側から食い破られるような痛みが走ったのだ。

「邪竜卿さん！」

クゥは叫び、そして、ムーンバックの手に持つワンドを見る。

おそらく、あれが呪術兵器の制御装置のようなものなのだろう。

「その兵器に刺されれば、体内に湧いた呪いが私の合図一つで内側から食い破る……死にたくなければ静かにしていることね！」

自慢気に、そして嗜虐的に嗤うムーンバック。

マグマを温泉代わりに、鼻歌交じりで浸かっているようなドラゴンがここまで苦しむのだ。人間ならば、一瞬で弾け飛ぶほどの激痛なのだろう。

「このクソババァ……」

竜族の誇りを傷つけられ、激しく怒りを燃やす邪竜卿。

「だめ、邪竜卿さん！　殺されちゃう！」

「くそう……」

だが、下手にムーンバックを刺激すれば、さらなる痛みを与えるだろう。

制するクゥに、邪竜卿は悔しさに呻いた。

「オホホホホホホッ！」

「大きな口を叩かないほうがいい」

得意満面に嗤うムーンバックに、ブルーが冷たく告げる。

「それはキミが作ったものじゃない。魔王城の武器庫に保管されていたものだ」

現在、魔王城を占拠しているのは、邪王家の者たち。

その一派であったムーンバックは、武器庫を暴き、持ち出したのだろう。

「キミは昔からそうだ。若い頃はそれなりに名を馳せたそうだが、その地位にあぐらをかき、他人の仕事を自分の成果のように振る舞った。それがキミの地位を失わせたと、なぜ気づけない？」

哀れみにも似た顔で、ブルーは言う。

仮にも知者を気取る者ならば、自分の才覚で編み出した術なり道具なり策なりで挑むべきである。

他の誰かが作った道具を用いて、まるで自分の力を誇示するように振る舞うなど、みっともないにも程がある。

「そのような……私の優秀さを、魔王城の者たちが理解できなかっただけですわ！」

ムーンバックの顔から笑みが消える。

眉間にシワを寄せ、声を飛ばす。

その態度こそ、彼女自身が、自分の空虚さを認めている証であった。

「ならば、今のキミの仲間は、キミを理解してくれているということか？」

「ええ、そうよ！　ホワイティ公も私を認めてくれたわ！」

それでも、ムーンバックは譲らない。

等身大の自分から逃れようと、「すごい人たちが私を認めているから私はすごいんだ」と、訴える。

「あのモンブラン卿もか？　彼はあまりいい噂を聞かないぞ？」

メイやクゥとは初対面だった彼だが、ブルーとは何度か顔を合わせたこともある。

邪王家の先代当主亡き後、まだ幼いホワイティ公を支えた忠臣である。

だがそれも十数年前まで。

それ以降は権力をかさに着て、自分を脅かそうとするものをホワイティの名を使って陰で粛清を繰り返し、家中を乱しに乱しているという。

「通常ならば、内政干渉になるため、魔王城からは何も言えない。だが、それも限界に来ている。かなりもみ消しにも苦労しているようだしね」

「ふん……！」

憎々しげにムーンバックは鼻を鳴らしたが、反論できないことが、ブルーの言い分の正しさを認めるに等しかった。

「それでもキミは、あんな男から認められたことが、価値あることと思っているのかい？」

「それこそ傲慢！」

しかしなおも、ムーンバックは胸を張る。

「彼は誰よりも私を信じてくれているわ！　なんせ、私の……夫なのだから！」

「え？」

そして出てきた事実に、ブルーは驚く。

「え？」

「ええ～………」

ブルーだけではない。

クゥや、痛みに苦しむ邪竜卿まで、意外そうな声を上げる。

「そう……だったの……？」

「内縁の妻というやつですわ！」

「なんだか、その……」

陰険な謀略家と、陰湿な魔女……ある意味で似合いの夫婦とも言えるが、ある意味では、はぐれ悪魔コンビとでも名付けたくなる絵面であった。

「あまりいい話に聞こえないなぁ」

「夫婦関係で陛下に文句を言われたくはございませんわ！」

思わず口にするブルーに、ムーンバックが本気でツッコむ。

なるほど、確かに、魔王やドラゴンまでぶっ飛ばす、〝銭ゲバ〟の異名を持つ勇者の妻など、人類種族、魔族の垣根以上の問題かもしれない。

「でもねぇ……」

だがブルーは、それに反論する。

「メイくんは確かに、よく殴るし傲慢だし傲岸だしゴーイングマイウェイなんだけどねぇ」

ブルーの脳裏に、幽霊となって戻ってきた自分を前にした、メイの顔が浮かんだ。

「僕の奥さんは世界一なんだ」

誰に恥じることなく、ブルーは心の底から、正真の思いで言う。

「僕が死んで、誰よりも泣いてくれた。幽霊の姿で戻ってきて、それでもいいと言ってくれた」

抱きしめてやることもできない自分ともう一度会えたことを、メイは泣いて喜んでくれたのだ。

「ムーンバック……力を認めてくれたと言ったな？　お前の伴侶（はんりょ）は、力以外でお前を見ているか？」

「おだまり……」

自分がそこにいる理由、価値がなければ、「認めない」間柄に、ブルーは疑問を呈した。

「さらに問う。お前は、お前の伴侶を、力以外で見ているか？」

「ぐうっ……！」

そして、ムーンバックはそれに答えることはできなかった。

彼女のモンブランへの感情に、愛はない。

ムーンバックは、「モンブランの力」に惹（ひ）かれているに過ぎない。

それも、暴力や権力といった、「他者を支配する力」にだ。

他者を踏みつける者に必要とされることで、自分の価値を見つけている。

「結局キミは、自分が好きなだけだ……いや、もっと言えば……」

自分が好きになれないから、「好きになる理由」が必要なのだ。

「おだまりなさい!!」

心中を見透かされ、激怒し、ムーンバックは怒鳴る。

「ただの幽霊風情が!! これ以上私をなぶるな！」

「おごるなよ魔女？ 僕とて腐っても魔王。キミごときに負ける気はしない！」

ブルーの力は、魔族最強と言っても過言ではない。

ムーンバックごとき半端者の魔女、一撃で消し去ることもできる。

「ん？ あれ？ おやぁ？」

だが、彼は一つ忘れていた。

「あれ……魔法が使えない？ あれ？」

「当たり前でしょう、幽霊なのですから」

慌てふためくブルーに、ムーンバックがツッコんだ。

「いや、幽霊だけどさ？ 物理攻撃は無理でも、魔法攻撃はできたりしないの？ ほら、死霊系のアンデッドとか、いろいろできるじゃん!?」

アンデッド系の魔物たちの中には、幽体故に触れることはできないものの、魔法攻撃を得意とする者たちも多い。

しかし、ブルーは同じ幽霊でありながら、魔法すら使えなかった。

「ああいうのはああいうので、特殊な儀式の上で怨霊(おんりょう)化した者たちです。陛下はどのような行程で今のようにおなり遊ばしましたか？」

腐っても魔女、ムーンバックは、丁寧にブルーの現状を説明する。

「え〜っと、税天使のゼオスくんの力で、一時的に霊の姿にとどまっている」

「では陛下ができることは、税務関係の聞き取りの受け答えくらいですわね」

「なんだってー⁉」

ゼオスは、税に関することにのみ、アストライザーの力を行使できる。

だがそれは逆に言えば、それ以外には力が使えないということである。

税関係に必要なものに、「魔法攻撃」は入っていない。

よって、ゼオスの力でこの世に留まっているブルーも、魔法は使えない。

「無力な幽霊の王さまと、動けないドラゴン、さて残っているのは……？」

すでに勝ちを確信したムーンバック、ニタリと笑い、視線を向ける。

「ふえ⁉」

「小さな人間のガキだけ！」

この中でただ一人、戦える状態の、なんの戦闘技能も能力ももたないクゥに。

「あなた……なかなか危険な子なのよね。センタラルバルドを失脚させたことといい、今回も、陛下を蘇らせる手段を見つけるし……」

堕ちたとは言え、ムーンバックは、元は宮廷魔女。

主君に知恵を献じる、知恵を職務としていた者である。

だからこそ、クゥの存在の重要さが理解できた。

この少女は「厄介」だと、理解できていた。

「ホワイティ公の魔王即位のためにも、あなたは死んでおいたほうがいいわね」

「やめろ！　ムーンバック！　それ以上は許さんぞ！」

ブルーが止めようとするが、今の彼はあまりに無力であった。

「許さなければなんだというの、幽霊の前魔王陛下！　それに私は、ホワイティ公の配下……あなたの命令を聞くいわれはない!!」

「あ、あああ……」

「死になさ――――」

ムーンバックがワンドを振り上げる。

彼女の力ならば、少なくとも、無力な少女一人、殺すのは容易い。

炎の魔法で焼き殺すか、氷の魔法で凍死させるか、毒の魔法で溶かし殺すか……

彼女は、考えてしまった。

故に、機会を失してしまう。

「うっ………あれ？」

目をつぶり、うずくまって震えることしかできなかったクゥ。

いつ、自分の頭上に死の一撃が落とされるかと思ったが、一向に執行される様子がない。

「なんだと………？」

それどころか、ブルーが驚きに震える声が聞こえてきて、目を開き、顔を上げる。

「あ、あああ………」

ムーンバックの首筋に、彼女の背後に現れた何者かが、鎌を当てていた。

わずかでも動けば、その鎌で、首を切り落とすぞと言わんばかりに。

「させ……ない………」

「イリュー!?」

現れたのは、ブルーを暗殺した張本人。

〝生きる呪い〟のイリューであった。

「き、貴様は、呪いの小娘!?　なぜここにいる!!」

「…………」

悲鳴のような声でムーンバックは問うが、イリューは答えない。

「お前の役目はもう終わったのよ！　失せなさい！」

振り返りざまに、ムーンバックは攻撃魔法を放つ。

爆炎の魔法――メイが放つそれに比べれば数段劣るが、それでも、生身の人間なら一撃で消し炭にできる。

「…………」

しかし、イリューには効かない。

否、正確には効果はあった。

髪も、肌も、肉も焼け崩れたが、それらは急速に修復を始めている。

まるで、時を戻すように、その事実自体をなかったことにするように。

「ひっ⁉」

その光景は、魔女を称するムーンバックにすら、恐怖の悲鳴を上げさせるに十分だった。

「そんなもの、効かない……」

ポツリとつぶやくや、イリューは鎌を振りかぶる。

「ダメ、イリュー！」

とっさに、クゥは叫んだ。

なぜこんな叫び声を上げたのか、自分でもわからなかったが、彼女の本能が、「イリューに人を殺めさせてはならない」と告げていた。

「がはっ……」

しかし、イリューの動きはわずかにも緩まない。

一瞬にして、ムーンバックを斬り倒す——

「あう……」

と、思われたが魔女は死んでいなかった。

紫色の光を放つ、光刃の鎌は、彼女の体をすり抜け、柄の部分で打ち据えた形となった。

それだけで、ムーンバックは昏倒し、うめき声を上げて気を失った。

「よかった、生きてた……」

胸をなでおろすクゥ。

あらためて、イリューに向き直る。

「…………」

「えっと……」

どう言えばいいかわからなかった。

自分とイリューの関係は、結果だけ見れば、「裏切り、裏切られた」間柄である。

砂漠で倒れていたところを助けてくれた相手の身内を殺したのだ。

だがだからこそ、わからない。

「ねえ、イリュー……なんで、助けてくれたの……？」

〝生きる呪い〟のイリュー、その存在はもはや生物とは根本が異なる。

焚き火の炎と、魔法の炎が異なるように、似て非なるものだ。

「あなたは私が殺さなきゃいけないから」

「え――……」

返ってきた言葉の冷たさに、クゥは気を失いそうになった。

「ああ、そういうことか……」

それだけで、ブルーはある程度理解した。

「あの場にいたのは、僕と、メイくんとクゥくんだからな」

「それって……」

クゥは賢い少女である。

わずかなやり取りからでも、相手の本心を察せるほどには聡明だ。

だから、わかってしまった。

「ブルーさんが死んだ後は、次はわたしや、メイさんってこと……？」

埋蔵金を手にした者に、死を与えるのが、イリューの存在理由。

その一人目はブルーで、次がメイ、最後にクゥという順番なのだろう。

そして、まだブルーは完全に死んでいないので、次に移れない。

その前に、クゥが殺されそうになっていたため、「殺す順番」を守るため、イリューはムーンバックから守ったのだ。

「やっぱり、あなたは……」

クゥは、心臓に刃を刺されたような、強い悲しみを覚えた。

彼女にとっては、自分の使命が最優先。

それ以外はどうでもいい。

あのほんの一時のふれあいなど、考慮にも値しないのだ。

「あと……」

「え？」

「もらったから、たくさん」

胸を押さえるクゥに、イリユーは、変わらぬ口調で告げた。

「クゥには、食い物をもらった。たくさん」

「イリユー……？」

「食べなくても死なない。でも、死ぬほど苦しい。だから……」

イリユーの口調は変わらない。

変わらないが、わずかに、ほんのわずかだけ、目を背ける。

まるで、照れくさがっているように。

「イリユー……あなた……何者なの？」

「私は生きる呪い……あなたたちが掘り出した財宝、それに宿った呪い。宝を手にした者に、避けられない死を与える者」

クゥの問いかけに、まるで機械の駆動音のように、イリューは返す。

（そうか……）

二人のやり取りを見て、ブルーは思った。

イリュー、彼女は人間ではない、魔族でもない。

そもそも、生物ですらない。

それゆえに、メイですら、彼女を最初「ただの力の弱い魔族」と思ってしまったほど。

呪法によって作られた、意思を持つ「魔法の現象」なのだ。

焚き火の炎と、魔法の炎が異なるように、同じ「熱」という結果を見せても、存在の本質は異なる。

ゆえに彼女は、魔法攻撃を直接浴びても、ケガ一つ負わなかった。

正確には、ダメージはあるが、即座に「なかった」ことになった。

物理の火ならば、吹けば消せるが、魔法の炎は消えない。

それと同じことなのだ。

（だが、だからこそなんだ……人と異なる存在でも、人の姿をしている、ならば……）

「なかった」ことになったとしても、その苦しみは本物と同じように味わう。

死に値する苦しみを負っても、死ぬことはないが、〝死ぬほど〟苦しみ続ける。

（だとするならば………）

ふと、ブルーは脳裏に浮かんだ疑問を、イリューにぶつけることにした。

「イリュー……キミは、今まで何人殺した？」

「……!?」

その問いかけに、イリューはほんの僅か、体を震わせた。

「もしかしてなのだが……キミは今まで、一度も人を殺したことがないんじゃないか？」

人ならざる者でも、人と同じ苦しみを、人と同じように苦しむとするならば……

人を殺めた心の苦しみもまた、同じように味わうということだ。

「殺したことはある……」

重い声で、イリューが答えた。

「……そうか」

「あなた」

「そうだった」

ついうっかり自分が幽霊であることを忘れていたブルーであった。

「で、他には？」

しかし、ブルーはまだ完全に死んでいない。

ギリギリで、まだ例外と言えなくない。

「キミは人を殺すことを望んでいない。人を殺したくないとさえ思っている。だから、ムーンバックも殺さなかったのではないか?」

「…………………」

イリューは無言で、うつむいている。

そのさまを見て、ブルーは確信を得た。

皮肉なことに、〝死の呪い〟として作られた彼女は、〝命を奪う〟ことを、嫌っているのだ。

「あなたと同じことを言った人が、昔いた」

「ほう? それは、誰だい?」

「タスク・ゲイセント……」

「それは……初代様か!?」

イリューが口にした名前は、ブルーの先祖。

魔王家の始祖、初代魔王の名であった。

「私は、初代魔王を殺そうとした。あの人は、財宝を手にしたから。たとえ魔王でも、呪いの力に抗することはできない。どんな力でも防げないし、倒せない」

財宝を手にした者は、死の運命が確定する。

どんな力を行使しても、その執行を止めることはできない。

それでもなお免れようとするならば、方法は一つである。

「だからあの人は、私を封じた、砂漠の真ん中に」

自分が自然に死ぬまで、どこかにイリューを封印するのみである。

「ゲドの砂漠……！」

それを聞いて、ブルーは、彼女がなぜ、〝死の砂漠〟と呼ばれる、ゲドの砂漠にいたのかが分かった。

「そうか、あの砂漠が死の砂漠と化したのは、キミが原因か」

果たされなかった〝死の呪い〟の怨念（おんねん）が、大地に浸透し、ただでさえ生命の存在に厳しい砂漠を、絶死の世界に変えたのだ。

「封印されている間に、初代魔王は死んだ……だから私はずっと待ち続けた。あの財宝を継ぐ者、私の呪いを受ける者を……そしてやっと現れた……」

「それがブルーさんだった……」

クゥの言葉に、イリューはうなずく。

「ん……？」

そこまで聞いて、ブルーはふと、違和感を覚えた。

初代魔王も、呪いの対象者だった――つまり、呪いを作り出した当事者ではないということ。

（もしかして僕たちは、基本から勘違いしていたのか？　埋蔵金は、遺産などではない……？）

いや、もっと言えば……

「イリュー……ごはん食べよう！」

「え？」

ブルーの思考は、突如として発された、クゥの言葉に遮られた。

「なに……？」

突然の提案に、イリューも困惑している。

「もうそろそろ、お昼の時間だし！」

それに構わず、クゥは持ってきた荷物の中から、お弁当箱を取り出す。

そのお弁当箱は、クゥが食べるにしては、やや大きかった。

同行者は幽体のブルーである、食事の必要はない。

邪竜卿はドラゴンなので、そもそも人間とは食事の種類が異なる。

「もしかしてって思って……多めに持ってきたの！」

「その、えっと……あの……」

もしかしてと思った――もしかして、またイリューと会えるかもしれないと思った。

そこまではわかるが、その備えが、「ごはんを多めに持ってきた」なことに、イリューは困惑していたのだ。

「なんで……私は……」

あなたを裏切り、あなたの親しい人を殺めた――彼女がそう告げる前に、クゥは箱のフタを開け、中身を取り出す。

「チェリーパイ、美味しいよ！」

「…………!?」

取り出された、チェリーのシロップ煮がたっぷりとのった、美味しそうなパイを前に、イリユーの口が止まる。

「あなたが食べたの、簡単に調理したものばっかりで、こういうの食べさせてあげてなかったでしょ！　美味しいよ！」

クゥはずいと突き出す。

「…………………」

ここまで、感情がわかりづらかったイリユーが、あきらかにうろたえている。

「…………………」

口を真一文字に結び、動揺をさとられないようにしているが、目は泳いでいた。

「はい！」

クゥはとどめとばかりに、さらに突き出し、半ば無理やりイリユーにパイを手に取らせた。

「じゅる……」

ついに耐えきれず、口端からよだれが溢れる。

「一緒に食べよう」

「わかった……」

クゥの圧に押され、陥落したイリューは、その場に腰を落とす。

「はむ……」

一口、イリューはチェリーパイを口に入れた。

「――!?」

次の瞬間、彼女の目は見開かれ、驚きに顔を紅潮させる。

「……!」

そのまま、無我夢中で、口の中に入れる。

「おかわりもあるよ」

「た、食べる……!」

さらに出されたチェリーパイを、二切れ、三切れと口に入れる。

手についたパイの欠片、チェリーの汁すら、愛おしそうに舐め取る。

「あなた、すごく美味しそうにごはん食べてた。こんなの初めてだって喜んでた」

「……?」

幸せそうな顔でパイを頬張るイリューに、クゥは語りかける。

「わたしね、ずっと、山奥の村で一人ぼっちだった。友だちも誰もいない、家族も死んじゃって……そこにね、メイさんとブルーさんが来てくれたの。わたしを引っ張り出してくれたの」

たった一人の孤独な日々。

自分が何のためにこの世にいるのか、わからなかった。

そんな日々に終わりを与え、手を伸ばしてくれたブルーとメイとの出会いを、クゥは感謝しない日はなかった。

「あなたも……そうなんじゃないの……？　別のことを、他のことを、ここじゃないどこかに、行きたいって思わないの？」

だからこそ、メイはイリューを見放せなかった。

彼女もまた同じなのではないかと思ったら、憎しみよりも、悲しみのほうが上回った。

「答えて、イリュー！」

そして、できることなら、今度は自分が、「引っ張り出す側」になりたいと思った。

「私は……私はそんなこと、考えたこともない……」

「なら今からでも考えよう！」

「ええ……」

クゥの意外な押しの強さに、イリューは困惑する。

「私は……殺すために生まれた者なんだよ……？」

むしろ、諦めさせようと、説得を始めた。

「でも、殺したくて殺すわけじゃないでしょ！」

「……そうだけど」

「ならやめればいい！　そんなことする時間があれば、たくさん美味しいもの食べればいいよ！　いっぱいあるんだよ、もっと、他にも！」

「他に、も……」

「チェリーパイ美味しかったでしょ？　アップルパイもあるんだよ！　ほかにもね、アイスクリームって知ってる？　あれにね、チョコってのをかけて食べると、すごく美味しいんだよ！」

「…………」

クゥは、一生懸命、自分の知る「美味しいもの」を並べる。

それでも、彼女が山奥の村から出てきて、一年も経っていない。

そのレパートリーは、早くも尽き始めていた。

「あと、あと……あとね……みんなで食べると、美味しいんだよ……」

絞り出すように、それを告げる。

「わたしずっと一人だったから……ごはんも一人だったから……」

魔王城で、メイやブルーとともに囲んだ食卓は、彼女にとってなによりも素晴らしい体験だった。

それを、それだけでも伝えたかったのだ。

「……私は、眠らなくても死なない……」

冷たい声で、イリューは返す。

「でもあなたたちは、寝たくなくても、絶対に眠るよね。眠る時間に、もっと遊びたくても、絶対に、寝るよね」

なおも説得しようとするクゥだったが、彼女は気づく。

「同じことなの。どれだけやりたくなくても、そうしてしまう。体が動く、心が動く、それ以外の全部を、どれだけ大切なことがあっても、全てをかなぐり捨てて、私はそうしてしまうの」

自分が言ったことなど、とうの昔に、イリューは思っていた。

何度も何度も、抗おうとしたが、抗えなかった。

「そうあるように」生まれてしまったがゆえに、それ以外は、絶対に選べない。

「イリュー……」

そして同時に、クゥは理解する。

ブルーに凶刃を振るい、殺めたことを、彼女は苦しんでいる。

この先も、殺し続けねばならないことを、苦しんでいる。

「…………それでも」

言葉を失いかけたクゥ、それでも、彼女は諦めなかった。

「それでも、なんとかするよ」

拳を握りしめ、口をへの字に曲げ、理不尽な運命を彼女は拒む。

「ブルーさんを生き返らせる、あなたが、誰も殺さなくていいようにする」

「どう、やって？」

「それは……わからないけど、でも、方法を見つける！」

「そう」

イリューの目に、いかなる感情があるのか、読み取れなかった。

希望なのか、絶望なのか、失望なのか、ただ、彼女は答える。

「もし、あなたが、私を引っ張り出してくれるというのなら……私の呪（のろ）いから逃れること」

ただ彼女は、事実だけを伝えるように、言った。

「そうなれば、あなたを殺さないで済む、それだけ……」

イリューは立ち上がり、背中を向ける。

「できるものなら……そうすれば私は……」

それ以上言うことはないとばかりに、走り出し、あっという間に、その姿は見えなくなった。

「…………」

クゥは、イリューの走り去っていった先を、しばらく、じっと見つめていた。

救う手立てはないのか。

彼女は、武器や兵器に意思が宿っただけのようなものなのか。

「昔、ある武人が言っていた」

思いあぐねる彼女に、ブルーが言葉をかける。

「剣とは、鞘に納まってこそ剣だ、とね」

人を殺すために作られた武器……だが、「使われない」ことに、新たな意味を見出だした者もいる。

「なにか手段があるはずだよ。彼女自身がそれを望んでいるのなら、必ず、なにか手はあるはずだ」

「はい………」

辛そうにうつむくクゥを見て、ブルーは、己が霊体であることを悔やんだ。

悔し涙を流す彼女に、優しく肩を抱いてやることもできないのだ。

(今の僕は無力すぎる……早く蘇らなければ、なにもしてやれない……)

メイやクゥに頼りっぱなしの己の無力さが、辛かった。

「お～い……」

そこに、苦しげな声がかかる。

「そろそろ……こっちも、頼むわ……」

呪術兵器を食らって、苦しみにもがいていた邪竜卿。

かなり深刻な状況なのか、もはや悶えることもできず、口端から泡を吹き始めている。

「うわあああ、邪竜卿さん!?」

「く、クゥくん！　ムーンバックの持っていたワンドを！　あの杖に、呪いを解除する薬があるはずだ！」

ブルーに言われ、大慌てでムーンバックのワンドの柄に仕込まれていた、解毒剤を取り出す。

「ううう……なんか、口出ししちゃいけない雰囲気だったから……」

クゥとイリューの会話に、割って入れなかった邪竜卿。

一段落するまで、ずっと待っていたらしい。

「キミ、気遣いできすぎだよ……」

呆れと感心が合わさった、複雑な顔になるブルー。

「すぐに打ちますからね、うんしょ！」

「うほぉ!?」

注射型の解毒剤をクゥに打ち込まれ、邪竜卿はあえいだ。

「すまねぇ……一日もあれば、治ると思うからよ……ちょっと待ってくれな?」

ドラゴンの桁外れの生命力をもってしても、解毒には相応の時間が必要であった。

「治ったらよ、すぐに空飛んで、送ってやるから……」

「はい……」

今はまず、妖王家に向かい、同意書にサインを貰う。

そして、ブルーを蘇らせる。

（一つずつ……できることをやっていこう。それがきっと、いい未来につながるはずなんだ……）

決意を新たにするクゥの脳裏に、イリューの最後の言葉が思い出された。

「そうすれば私は」――

なにか、イリューはまだなにか、自分に関しての真実を、明らかにしていない。

「…………」

改めて、彼女が走り去った方向を見る。

少しだけ、嫌な予感がした。

第四章　北の魔王

それから四日後――魔王城。

鬼王家までの行脚を終え、さらに超高速でメイは戻ってきた。

「ただいまーっと！」

「いやー、大変だったわよ。鬼王家？　あそこに着いたらさ、なんか敵襲と勘違いされて、鬼王家を守護する十二鬼神とかいうやつらが襲いかかってきてさぁ。『この先に進みたくば、我らが守る十二の門を突破せよ！』とかいいやがるんで、半日で終わらせてきたんだけどね」

快活に語りながら、鬼王家当主のサインが書かれた同意書の入った書函と、ついでに十二鬼神を倒した証明書を、テーブルの上に投げ出す。

「なんかアンタの甥なんだっけ？　鬼王家の当主ちょっと涙目になってたけど……ってあれ？　クゥは？　ブルーは？」

そこまで言ってから、まだ二人の姿がないことに気づく。

「早く帰りすぎちゃったかな……」

ブルーの死の執行が停止されている期限まで、あと二日はある。

余裕をもって帰ってきたつもりが、早く帰りすぎたようであった。

「邪竜卿に乗ってったのよね、あの二人……あのドラゴン、手を抜いてんじゃないでしょうね。帰ってきたらシメてやろうかしら」

呪術兵器で襲われ、呪いで死にかけた邪竜卿が聞けば、血涙を流しそうな話であった。

「ん……？」

扉をノックする音が聞こえる。

「ああ、やっと戻ってきたのね」

クゥとブルーが帰還したものだと思い、メイは扉を開ける。

「遅かったじゃない。ってかアタシが早かったのかな、二人とも無事？」

笑顔で出迎えるメイであったが、彼女の前に現れたのは、その二人ではなかった。

「え……？」

「…………」

そこに立っていたのは、氷のように冷たい眼差しの、雪のように真っ白な肌の美女――ホワイティ・ゲイセントであった。

「なんで、アンタが……」

数時間後――ブルーとクゥは、ようやく魔王城に帰還する。

「妖王家の方たち、同意書にサインくれてよかったですね」

クゥの手には、サイン済みの同意書が収まった書函があある。

「ああ、あそこは元々、ウチの実家に近いからね」

ブルーの実家、鬼王家の先代の妹は、妖王家に嫁いでいる。

同じ魔王族の中でも、特に密接な関係なのだ。

「さすがに啞然とされたけどね」

幽体の姿で現れたブルーに、妖王家の者たちは驚き、慌てふためいた。

「でも、ブルー様ならしょうがないって、皆さん最後には笑って協力してくださいましたね」

「それもどうなんだろう」

なにせ、数か月前にいきなり人間の、それも勇者と結婚してしまったブルーである。

今さら幽霊の姿で現れて、遺産相続放棄したら復活できるからと、常人では即座に理解できない事情を繰り出されても、「まぁこの人ならやりかねない」と思われたわけである。

「ま、結果良ければ全て良しと思おう」

少し乾いた笑いを浮かべつつ、ブルーは、魔王城のメイの部屋に――実際は触れられないので、クゥがドアノブを回して――入る。

「え……？」

そこにいた者の姿を見て、ブルーの顔から笑いが消えた。

「お、おかえり……無事だったみたいね……なによりだわ……」

部屋の中には、二人の女性がいた。

一人は、この部屋で落ち合うはずだった、メイである。

かなり引きつった顔で、二人を出迎える。

「どうも……」

そしてもう一人は、今回の一件の大本であるはずの、邪王家当主、ホワイティであった。

「なんで?」

としか言いようのない光景であった。

これが、両者が刃(やいば)を構え、睨(にら)み合っていたならば、一足早く戻ってきたメイを、ホワイティが襲撃していた現場だと思うだろう。

ところがどっこい、両者はテーブルを囲み、お茶をしばいていた。

「あの……ホワイティ、キミはなんでここにいるんだい?」

「はぁ……」

なので、困惑するブルーは、とりあえず、普通に尋ねることしかできなかった。

「あの……相続放棄の同意書に、サインが必要と聞きましたので、こちらから伺わせていただきました」

「あー、なるほど……なるほど?」

帰ってきた答えは、至極普通のものであった。

この状況でなければ。

「ブルー……どうなってんの？　この子どうなってんの!?」

どうやら、一足先に邂逅し、ブルー同様、困惑させられていたらしいメイが、問いかける。

「この娘、敵なのよね？　アンタを殺して魔王になろうとしている張本人なのよね？」

「その……はずなんだが……」

問われたものの、ブルーもなんと言って返していいかわからなかった。

「ブルー陛下、お久しゅうございます。ご挨拶が遅れ、誠に申し訳ありません」

困惑するブルーたちをよそに、ホワイティは椅子から立ち上がると、丁寧に、かつ美しい仕草で、挨拶を述べる。

「あ、ああ……会うのは、どれくらいぶりだろうね？　確か、当主になった年には、魔王城まで来てくれたが……それも十年以上前か」

「面識、あったんですか？」

「あ、ああ……一応ね、魔王だから」

クゥに聞かれ、少しバツが悪そうに返した。

一応が、魔族の王である。

同時に、魔王家の宗主でもある。

御三家の当主と、会わないほうがおかしいのだ。

「なんで言わなかったのよ。けっこう重要なことでしょ？」

「あ～、それはね。あはは……」

訝しむようなメイの目線から、ブルーは目をそらす。

「アンタなんか隠してない？」

「あははははは……」

そこをさらに、回り込んで追撃するメイ。

「あの……話しづらかったと言うかね……話すと、ややこしくなりそうだったと言うかね？」

「言え」

「はい……」

こめかみに血管を浮かせつつ睨むメイに負け、ブルーは話すことにした。

「実は彼女、僕の元婚約者……」

「は？」

「だけど、断ったんだ……僕の方から、だから、その……会いたくなかろうとね？」

ブルーがまだ魔王になる前、それどころか、実家である鬼王家でもただの三男坊として、出世レースの外にいた頃の話である。

本来、九分九厘まで進みかけていた話であり、双方幾度かの対面は果たしていたのだが、ある日いきなり、一方的に、ブルーの方から破談を宣告。

そのしばらく後に、彼は魔王となった。

「ちょっと待ちなさい、それじゃ……」

話を聞き、メイは震える。

「この娘が今回アンタを殺そうとしたのって、アンタとの痴情のもつれ!?」

「待ってメイくん、人聞きが悪い!?」

「悪いもなにも、そのまんまじゃない!!」

メイが怒っているのは、騒動の原因がホワイティの、ブルーへの個人的恨みだったから――ではなかった。

「アンタがちゃんとしなかったから、この娘、アンタを許せなかったってことでしょ！　なんで破談にしたりしたのよ！　それ説明した？」

メイに、貴族や王族といった、雲の上の者どもの考えなどわからない。

だが、同性として「男の都合で一方的に捨てられた」という点で、彼女としてはむしろ、ホワイティに共感してしまう話だった。

「違うのだ！　メイ・サー！」

だが、そんなブルーを、当のホワイティが擁護する。

「あの場では、ああするしかなかったのだ」

「はぁ？」

キョトンとするメイに、ホワイティは続ける。

「あの時は、お父さまが……妾の父が、おかしかった……」

「おかしかった……？」

「はい……」

ホワイティの父、先代邪王家当主は、かつては英明なる名君と言われていたが、年を追うごとに権力欲にまみれていき、自らが魔王になることを望むようになった。

そのための権力争い、謀略や陰謀を張り巡らせるようになり、娘のホワイティをして恐怖させるほどであった。

「妾が、ブルー陛下の許嫁となったのは、十歳のころなのだ……」

「十歳、そら早いわね」

驚くメイだが、貴族や王族たちの婚姻と考えれば、そこまで早いものでもない。

「メイさん、待ってください。魔族の人たちですよ」

「あ」

だが、クゥに言われて気づく。

魔族と人間では、時間の感覚が異なる。

「魔族の十歳って……どれくらい？」

「人間で言えば、生まれてすぐだよ」

「げっ……」

ブルーに言われ、改めて、ことの異質さに気づく。

王侯貴族という〝人種〟が、時に権力のために個人の感情など二の次にするのはよくある話だが、生まれてまもない赤子の嫁ぎ先をさっさと決めるなど、少なくとも、ホワイティの父は、ホワイティの意思など、ほぼ顧みていなかったのは間違いない。

「妾の父は、うまくすれば、鬼王家に妾を嫁がせることで、鬼王家も自分の支配下におけると考えたのだ。妾も、それを半ば、受け入れていたのだが……だが、ブルー陛下が、おっしゃったのだ」

ホワイティは、その白い肌を、わずかに紅潮させ語り始める。


それは、今から四十年と少し前の話であった。

鬼王家の城に訪れたホワイティは、幾度目かのブルーとの対面を果たす。

将来嫁ぐ相手との、親交を深めるためと言えば聞こえはいいが、鬼王家と邪王家とのつながりをアピールする、政治的なパフォーマンスであった。

夫婦となる二人の顔合わせのはずなのに、大半が対外的な儀式と宴席ばかり。

ブルーとホワイティの二人は、お飾りとされていた。

そんな中、かろうじて二人は、偶然に近い形で、二人きりとなった。

城内の庭園、たまたま双方のお付きの者が退席していた。

婚約が決まって百年で、初めてのことだった。

「みかんは好きかい、ホワイティ」

「は……？」

初めてかけられたブルーの言葉は、それであった。

鬼王家の領地は、魔族領でも珍しい温暖な気候で、みかんが特産品だった。

城内にも何本ものみかんの木が植わっており、その一本から、食べごろの実をもぎ取り、ブルーは彼女に渡す。

「おいしいかい？」

「は、はい……」

日頃は、毒味を重ねて皿に盛られたものしか食べたことのない彼女にとって、もぎたての実を、自分で皮をむいて食べる行為は、それだけで新鮮であった。

「…………」

「…………」

しばし、二人は無言となる。

いや、違う。

そもそもが、話すことなど持たないのだ。

会話とは、互いにわずかでも共通点があることで成り立つ。

二人には、その共通点を探るほどの、親交もなかった。

「キミとの婚約を、解消しようと思う。僕の判断で」

「え………!?」

「キミに咎はない。僕の勝手なワガママだ。他の者たちには、そのような形で話を通す」

いきなりの言葉に、ホワイティは困惑する。

彼女は生まれて、物心ついたときから「そうあれ」と言われてきたのだ。

それ以外のことを言われても、戸惑うばかりであった。

「キミは悪くない。ただ、僕がキミを愛せないだけだよ」

それだけ言い残すと、ブルーは屋敷の中へと戻っていった。

「………」

あとにはただ、一人ホワイティが取り残された。


「ということがあったのだ……」

「ちょっとー!」

ホワイティが語り終えたのを聞いて、メイが再びブルーに迫る。

「なにいきなり振ってんのよ！　相手のこととか一切考えずに！　どういう了見!?」

「いやだからそれはね……」

どう説明したものかと、ブルーは目を泳がせた。

メイが声を荒らげるのも無理はない。

日頃の彼からは考えづらい、一方的な相手への拒絶。

しかも「愛せない」と来たものだ。

「違うのだ、メイ・サー！　事実なのだ！」

「なにが⁉」

なおもブルーをかばうホワイティ。

「そのころ、ブルー陛下の兄君二人が、相次いでお亡くなりになったのだ！」

「だから……え……それが……？」

「わからぬか、三男坊ではなく、ブルー様は、鬼王家の次期当主となってしまったのだ」

庶民の生まれ故に、メイは、そういった権力者たちの内情というのがわからない。

だが、これは重大なことだった。

〝三男坊との結婚〟と〝次期当主との結婚〟では、婚姻の価値が異なる。

「邪王家の当主……妾の父には、妾しか子どもはいない。当初、ブルー様は、邪王家に婿入りする予定だった。だが、そのブルー様が鬼王家の当主となれば……」

話は、大きくこじれる。

御三家のどちらが主導権を握るかという、権力争いに発展しかねない。

それだけではない、魔王の座を狙って権力争いが起こったように、今度は御三家当主の座を狙っての、権力争いが勃発しかねない。

そうなった時、最も立場が悪くなるのは、ホワイティであった。

「最悪、妾を殺して、次期当主になろうとする者が現れたかもしれない。そういう、アンバランスな事態だったのだ」

ブルーの二人の兄のうち、一人の死は既に公表されていたが、もう一人の死は隠されていた状態だった。

それを知ったブルーは、全て自分の責任として、ホワイティとの婚約を破棄し、彼女を無用な権力争いの中心にすることを避けた。

「それを妾が知ったのは、ずっと後だった。妾の父も、死ぬまでブルー陛下を憎み、恨んだ」

本来なら、「変わり者のブルーが、一方的にホワイティをフッた」形となった破談騒動だが、ここでさらに事態はややこしくなる。

そのブルーが、権力争いの因果から、棚ぼた的に魔王の座についてしまったのだ。

「父からすれば、自分の悲願の魔王位を奪われ、さらに妾を利用しての権力拡大を妨害されと……その恨みは凄まじかったのだ」

「憎まれているのは知っていたけどね……」

ホワイティの話を聞き、ブルーは苦笑いを浮かべる。

婚約が破棄されて後、彼は一度も、ホワイティの父、先代邪王家の当主と会うことはなかった。

向こうから拒まれていたのだ。

「すいません、ちょっと話整理させてもらっていいですか？」

それまで話を聞いていたクゥが手を挙げた。

「え～っと……ホワイティさん、あなたは、ブルーさんを恨んだりしていないんですよね」

「はい」

「ブルーさんからの婚約破棄も、自分を思ってのことで、泥をかぶってくれたことを、むしろ感謝している」

「はい」

「でも、先代のお父さんが存命の間は、そのことを伝えることができなかった」

「はい」

「ということはですね……」

諸々（もろもろ）を確認し終えてから、結論を出した。

「なんでこんなことになったんですか!?」

クゥには珍しい、強めのツッコミが入った。

「そりゃあれでしょ、あのモンブランってヤツのせいでしょ」

　意外と冷静に、メイが言う。

「あのオッサンに、アンタ良いように使われていたわけでしょ？　ちょっと話したけど、それっぽいこと言ってたから」

「いつ、話したんです？」

「ああ、鬼王家に行く途中ね、妨害に現れたんで返り討ちにしたの、そん時」

「あ、なるほど……」

　よりにもよってメイにケンカを売るとは、命知らずな……とクゥは思った。

「モンブランは、昔は、妾の味方だった。父の厳しい責めからも、いつも妾を守ってくれた。父よりも父のような男だった……だが、父の死後、徐々に変わっていってな……」

「権力握ると、総じてそんなもんよ」

　先代邪王家当主の死後、幼いホワイティの後見人となれば、実質的に当主と同等の権力を握れる。

　かつては聡明だった人物が、権力者となって暴君と化すなど、珍しくもない。

　それを知るメイは、吐き捨てるように言った。

「モンブランは、妾が他の者と接するのを極端に制限した。自分の口でものを言うこともできず、全てあの者を通してのものとなった」

「つまり、その……」

「傀儡だ。妾は、ただの人形だったのだ」

「そうですか……」

言葉を選んでいたクゥに、ホワイティは、率直な真実を述べた。

ブルーを恩人と思いながらも、彼の危難に、なにもできない自分を、蔑んでいるのだ。

「モンブランもいなくなり……やっと、自由に動けるようになったので……今さら、遅いと思うかもしれないが……」

「いや、かまわない。ホワイティ……キミも苦しんでいたのだろう」

「ブルー陛下……」

ホワイティの行動は、他の者が見たならば、配下が敗れ、自分が劣勢になったので、大慌てで謝罪に現れたようにも見えただろう。

だが、彼女の置かれた境遇、王族や権力者の世界の歪さを知っているだけに、ブルーは彼女を責めることはできなかった。

「ったく、殺された当人が許しちゃってんだから、世話ないわね」

「まぁまぁ、いいじゃないですか」

「……わかってるわよ」

呆れるメイと、それをなだめるクゥ。

これで、終わり——そう思われた、しかし。

「ん……」

メイの耳に、なにかが聞こえた。

「なによ、この音……？」

べちゃりべちゃりと、なにかが這いずるような音が、迫っていた。

壁、天井、床、扉の向こう、廊下——違う。

それは……

「ホワイティ、離れなさい！　なんかいる!!」

それは、ホワイティのすぐ後ろ、窓に張り付いていた。

直後、ガラスが割れ、それは室内に入ってきた。

「なに、なによこいつ!?」

それはなんと形容していいのか、ドロドロの、醜い肉の塊であった。

「いやぁ!?　寄らないで!!」

肉の塊は、明確な意思をもって、ホワイティに覆いかぶさる。

「ひどいですな……我が主よ、ふふふ………」

「!?」

肉塊が、声を上げた。

どこからどのように声を発しているのかはわからないが、確かに、男の声が発せられた。

それも、聞き覚えのある声だった。

「アンタ……モンブランなの!?」

数日前、荒野で戦い、メイが圧死させたはずのモンブランが、肉塊となって現れたのだ。

「その通り……いや、まったく、やってくれたものだな人間。ここまで戻ってくるのは苦労したぞ」

「なんで生きて……いや、違う……生きてない、アンタは死んでる!!」

肉塊からは、生命の光は感じられなかった。

死体が動いている、そうとしか言いようがない。

「死んだ肉体を、精神が無理やり動かしている……馬鹿(ばか)な……!」

いわゆる、アンデッド系モンスターと同様の理屈だが、それでも異様がすぎる。

なんらかの呪法(じゅほう)や呪術(じゅじゅつ)によってそのようになったのならともかく、モンブランからは、そのような力の流れは感じられない。

「まさか……」

ブルーが険しい顔で呟(つぶや)いた。

「お前は……モンブランですらないのか?」

「くっ!」

彼の言葉に、モンブランの肉塊に宿る声は、嗤った。

「どういう意味よ、ブルー？」

ほんのわずか、メイが意識をそらしたその隙に、肉塊は動く。

「いやあああああ！」

肉塊から出た〝なにか〟が、ホワイティの口の中に入り込む。

必死で吐き出そうとするホワイティであったが、その抵抗は虚しく、どれだけもがいても侵入を拒めない。

そして、その〝なにか〟が全て入り終えた後、ようやく解放されたように、モンブランの肉塊がボロボロと崩れ、床に落ちる。

「な……なんなんですか一体……」

真っ青な顔で、ただ震えて、クゥはそれを見ていることしかできなかった。

「くくくッ……本当は……この娘が魔王になってから、こうするつもりだったのだがなぁ……」

ホワイティが、笑いながら言う。

否、発されたのは、ホワイティの声だけではなかった。

他にもう一つ、しわがれた老人のような声が、彼女の声と二重に発されていた。

「さてと……ふむ？」

ホワイティの目が、クゥに向けられた。

「試運転とするか」

「え……？」

次の瞬間、ホワイティの右掌が掲げられ、真っ白な閃光が室内を覆った。

「クゥ！」

「クゥくん！」

メイとブルーが叫ぶが、その声が当の彼女に届くより先に、放たれた魔力の破壊の光が、クゥに繰り出された。

爆発――一瞬にして、部屋は壁も床も天井も吹き飛び、大穴が開けられる。

「くく……やはり、伊達にゲイセントの一族ではないな。こやつ自身は力の使い方を知らんかったようだが、なかなかどうして……くくく」

ホワイティは――ホワイティの体に入った〝なにか〟は、楽しげに嗤う。

「嘘……そんな……嘘!!」

未だたなびく爆煙の中、メイの悲痛な叫びが響く。

が――

「ん？」

〝なにか〟の嗤いが止まる。

煙の晴れた先に、人影があった。

しかも、二つ。

「動かないでください、クゥ・ジョ」

一つはクゥ、もう一つは、神出鬼没の税天使、ゼオスであった。

彼女の羽から溢れる光が、壁となって、破壊の力を遮断していた。

「ゼゼゼゼゼゼゼゼゼオスさん!?」

混乱するクゥに、ゼオスはいつものように冷静な声で、淡々と告げる。

「私は税天使、ゆえに、〝税〟に関すること以外力を使えませんが、〝税〟の天使である私への、〝税〟以外の干渉を排除することは可能です」

翼がはためき、クゥを側に寄せた。

「なので、こうしていれば、あなたもついでに守れます」

ついで、と言いながらも、ゼオスの翼は、優しくクゥを包み込んでいた。

「天界の者か……ちっ、めんどうな。だが――」

「てりゃああ!」

ホワイティに入り込んだ〝なにか〟が、忌々しげにつぶやいたその隙に、メイが斬り込む。

「同時に、貴様に手を出さぬ限りは、我にも手を出せぬと言うことよな」

〝なにか〟は、片手で、その斬撃を防いだ。

「こいつ……！」

メイの光の剣の斬撃は、高位魔族ですら一刀で両断する。

それを、虫をあしらうように、〝なにか〟は止めた。

「なんだって言うのよアンタ……モンブランが取り憑いた……いや、違う……なんか違う！」

メイの本能が、目の前の存在に、激しく警鐘を鳴らしていた。

今まであまたの、〝強者〟と呼ばれる魔族や魔獣と戦ってきた。

だがそれらとは、根本が異なる。

そういった枠から離れた存在、〝バケモノ〟と呼ばれるもの。

「なるほど……やっとわかった……」

メイの隣に立つブルーが、ポツリと呟いた。

「なに？　どういうこと？　なんか思い当たるものでもあんの？」

「うん、おそらく間違いない。こいつが全ての元凶だった……」

ブルーの顔からは、笑みが消えている。

「モンブランすら、利用されてたんだ……あれに取り憑かれて」

その眼差しには、なにかの深い決意が宿っていた。

「悪いが、説明する時間はない。ホワイティを助けてやらないと」

「どうやって、助けるのよ……？」

メイの質問には、二つの意味があった。

一つは、どのような手段をもって、〝なにか〟に取り憑かれたというホワイティを助けるのか。

もう一つは、霊体となって、物理的にも、魔法的にも、なにもできなくなったブルーに、なにができるのか、であった。

「ねぇ、メイくん、キミのその光の剣って、精神の力を刀身にするんだよね」

しかし、そんなことは、ブルーは先刻承知であった。

「う、うん……そうだけど、それが?」

「それは、キミ以外の者の精神でも、いいのかな?」

「なにを……まさか!?」

彼がなにを言いたいのか、メイは察した。

「そうだ、僕を刃(やいば)にするんだ。そして、ホワイティの体に打ち込んで欲しい」

霊体であるブルーは、なにもできない。

だが、霊体そのものは、一種の精神的で幽体的な存在。

メイの体を通して、刃に変換することは可能。

「僕をホワイティの体の中に押し込んでくれ。そして、中にいるやつを追い出す」

〝なにか〟の正体は、肉体のない幽霊のようなもの。

それに干渉できるのは、同じく霊体のブルーのみ。

「うまくいくの……そんなの……?」

「やるしかない。上手く行けば、ところてん方式で、ニュルッと押し出せるはずだよ」

「他に表現はないの……？」

この緊張状態で、なおも軽口を叩くブルーに、メイはツッコ——まなかった。

彼自身も、自分がどれだけ危険なことを提案しているかなど、わかっているのだ。

わかった上で、メイに心配をかけさせまいと振る舞っているのだ。

「わかった……やるわよ」

「うん、頼む」

ブルーの霊体が、メイの体に一旦やどり、即座に、腕から手のひら、そして剣の柄に流れ、刀身に変換された。

いつもは、白く輝く光の刃が、この時は、深い蒼に変わった。

「なにを考えているかわからんが……無駄なことを」

膨大な魔力を溢れさせながら、ホワイティに取り憑いた〝なにか〟が、メイに迫る。

「さぁて、んじゃ行きますかぁ!!」

それを、メイは正面から迎え撃つ。

「ふん、そんな刃など、我には通じんよ！」

再び手のひらに力を凝縮し、刃を防ぐ盾としようとした〝なにか〟。

「ぬっ!?」

だが、メイは寸前で横に跳び、さらにそこから跳んで、まだ崩れずに残っていた天井の一部を足場とし、さらに跳ぶ。

「な、なにをっ……!?」

上下左右前後を高速で跳び回り、〝なにか〟を翻弄(ほんろう)した。

「アンタ、モンブランに取り憑いてたわけよね。なら、前に戦ったのもアンタなわけよね」

その戦いの中で、メイは〝なにか〟が、「戦い慣れていない」と看破した。

どれだけ力は増しても、その力を効率的に使いこなす術は体得していない。

要は、「力の強い素人(しろうと)」。

「だから、相手の動きがつかめないと……隙(すき)だらけになる!」

何度目かの着地、そこから、がら空きになった背中に向かって、一直線に突きを放つ。

「ぐうっ!!」

「行け、ブルー!」

呻(うめ)く〝なにか〟に向かって、ブルーが変じた蒼き刃が打ち込まれた。

「ぐおおおおっ!!」

叫びをあげ、〝なにか〟は動きを止める。

取り憑かれたホワイティは、彫像のように固まった。

「なにが……起きたんですか……?」

ゼオスの翼の間から、傍観することしかできなかったクゥが言った。

「幽体であることを利用し、ホワイティの精神に入り込み、その中に巣食うものを追い出そうとしているんです」

「追い出す……なにをですか？」

まっすぐに、その光景を見届けていたゼオスに、クゥは尋ねた。

「……まぁ、もう魔王ブルーは気づいたようなので、話してもいいでしょう」

しばし考えた後、ゼオスは告げる。

「北の魔王、です」


北の魔王――それは、今から千年以上の昔。

当時魔族領は群雄割拠の時代にあり、各地に自らを「王」と称する者が乱立していた。

北の魔王も、その中の一人である。

なんという名であったか、記されていない。

あまりの残虐非道さに「歴史に記す価値なし」とされた、外道の暴君である。

それゆえに、魔族たちの間でも、その存在を知る者は少ない。

故に、一種の忌み名として、〝北の魔王〟と呼ばれているのだ。

「どんなヤツなのよ……アレ？　年貢を搾り取って、強制労働させたりとか、そんな感じ？」

「それもあります……ですが、それだけではありません」

メイの問いかけに、ゼオスはわずかに目を細める。

普段、無表情な彼女には珍しく、「その程度で済めば、どれだけマシだったか」と言わんがばかりの、嫌悪感をのぞかせた。

「北の魔王は、〝不死〟の欲望に取り憑かれました。不老不死の術の開発を、国を傾けさせる勢いで行ったのです」

古来より、権力者、それも暴君ほど、不老不死の願望を抱く。

暴政をもってかき集めた富と地位を、全ての生物の絶対義務である「死」によって奪われるのを恐れるのだ。

「不老不死の術の開発のために、莫大な金が使われました。それらは、当然、領民たちから搾り取った税金です」

課せられる高額な税に、領民たちは収穫のほとんどを奪われ、領内には餓死者の骸が山積みになったという。

だが、それすらも、おぞましき歴史の一端でしかなかった。

「不老不死なんて……本当に実現するんですか？　そもそも、どうやって証明するっていうんでしょう」

疑問を抱くクゥに、ゼオスは逆に、問い直す。

「どうすると、思いますか?」

「え……えっと……えっと……すいません、わかりません!」

「いいのです」

謝る彼女に、ゼオスはむしろ、「わからない」と答えたことこそ正解とばかりに、首を振った。

「本当に不死身になったかどうか確認するには、殺してみるしかありません。殺しても死ななければ成功です」

「————!?」

出てきた答えに、クゥは絶句する。

彼女の理解の……常人の理解の外にある発想であった。

「まさか……その実験台に……使ったの、領民を!」

「……………」

メイの問いに、ゼオスはうなずく。

「数え切れないほどの領民が、術の実験台にされて死にました。耐えきれた者も、不死身かどうかの検証実験で殺されました」

飢えで死ぬか、実験動物にされて死ぬか、どちらかの選択を迫られた領民たちは、決死の覚悟で決断をする。

「まだ魔王となる前のゲイセント一世の元に、北の魔王の領民が、訴えたのです。『どうか自分たちの国を侵略してくれ。奴隷になってもいい。まだその方がマシだ』と」

訴えた領民は、ガリガリにやせ細り、体中傷だらけであった。

それでも、たどり着いただけまだマシなほうで、彼とともに国元を出た仲間たちは、皆追手に見つかり、殺されたという。

「それを聞いたゲイセント一世は怒りに震え、自ら軍を率い、北の魔王の国に攻め込みました」

「やるわね、初代様……！」

思わず拳を握るメイに、ゼオスは少し遠い目をしつつ返す。

「まぁ彼も当時は若かったですからね」

「見てきたような言い分ね」

「はい、見てましたから」

「そーだった……」

ゼオスの正確な年齢がいくつなのか、メイたちも知らないが、その初代魔王の日記には、彼女の税務調査を喰らった過去が記されている。

もしかして語っている内容は、記録に基づいたものではなく、彼女自身が「見た」ものなのかもしれない。

「若き日のゲイセント一世は、『必ずやあの邪智暴虐の徒を見つけ、八つ裂きにせよ！』と、配下に命じました。北の魔王も、軍を率いて抵抗しましたが、圧政と暴政で国の体裁をなしておらず、3日も持たずに倒され、処刑されたそうです」

そして、みっともなく逃げ隠れた北の魔王は捕らえられ、ゲイセント一世によって、首をはねられた。

解放された民たちは、抱き合って泣いて喜んだという。

「待ってください、死んだんですよね？　その時……なのになんで、今さら？　まさか、それって……」

当然の疑問を口にするクゥ。

ブルーの曾祖父である初代魔王の青年時代の話。

その頃の存在が、なぜに現代に現れたのか。

「そうです。成功してしまったんですよ、〝不老不死の術〟は」

その疑問に、ゼオスは答える。

おぞましく、皮肉な話である。

不老不死の術が成功したかどうかは、「殺してみる」しかない。

不死のための数多の術を己にかけ続け、それらが組み合わさった結果によるものか、北の魔王は死ななかったのだ。

「北の魔王の死体は、八つ裂きにされ火で焼かれ、灰は海に撒かれました。しかし、それが発動の鍵となったのです」

「そんだけされても、体がもとに戻るはずがない……ってことは――」

ゼオスの言葉に、メイの脳裏に、一つの予想が浮かんだ。

「まさか……霊体？」

「そのとおりです」

霊魂のままで、存在を維持するのは、魔族人類、双方の技術をもってしても不可能とされている。

ブルーがこの世に姿を保てたのも、絶対神アストライザーの力が、ゼオスを通じて発動したからこそだ。

「本来ならありえない話です。ですが、狂気の禁忌の積み重ねが、悪夢の偶然をもたらしたのです」

「そんなのもう、生き物じゃないじゃない……」

北の魔王は、正確には「不死者」でも「不死身」でもない。

一度死んだから、もう死ななくなった――そんな子どものような理屈で在り続けているのだ。

「霊体故に、北の魔王に物質的な干渉はできません。しかし、他者の体に取り憑き、その精神を侵食し、肉体を奪い取ることができます」

「ホワイティは、それで……そうか、モンブランも……」

体を奪われたホワイティ、そして彼女の話していたことを思い出す。

モンブランは、父の死後、徐々に変わっていった——

「ホワイティの父親も、モンブランも、北の魔王ってのが乗り移ってたわけか……」

改めて、今回の騒動の全ての元凶が、北の魔王であったことを理解した。

「でも、じゃあ……」

そこまで聞き、クゥは声を上げる。

「そんな……とんでもない相手と、ブルーさんは今、一人で立ち向かおうとしているってことですか……?」

ホワイティの身体に取り憑き、今も精神を侵食しようとしている北の魔王。

その北の魔王を追い払うべく、霊体のブルーは向かった。

「勝てるんですか、ブルーさん……そんな相手に……いえ、無事に、帰れるんですか……」

「……………!」

その言葉に、メイも体をこわばらせる。

いかな現役の魔王と言えど、相手は狂気の亡霊である。

「さて、勝てるか勝てないかは、私にはわかりかねます。専門外なので」

「アンタ……!」

ここまで来て、急にいつもの調子のゼオスを、突き放されたような気持ちになったメイは睨みつけた。

だが――

「ただ、無事には帰ってきますよ。それだけは間違いありません」

「え……？」

謎の言葉をつぶやくゼオスに、クゥは不思議そうな顔を向ける。

だがそれ以上、天使はなにも言わず、ただ、彼女の翼が、わずかに震えただけだった。

ホワイティの精神世界に入り込んだブルー。

彼の目の前に広がる光景は、真っ白な雪原であった。

「まさに……ホワイティの世界にふさわしいな……」

思わず、そうこぼしてしまった。

真っ白な雪原、それはまさに、生まれてからこの方、「当主の娘」として、自分の生き方を選べなかった彼女そのものである。

一歩も足を踏み出されることのなかった、真っ白な世界。

「もう少し、言い方があったかもしれないな」

ふと、自分の昔の発言を思い出す。

「キミを愛せない」——

　過ぎし日、ブルーは、そう言ってホワイティとの婚約を破棄した。

　あの時は、それ以外、言葉が出てこなかった。

「ん……？」

　泣き声が、聞こえた。

　振り返ると、そこには、ホワイティが立っていた。

「なぜ、あのようなことを……」

　涙を流しながら、悲しげな目で、ブルーを見ている。

「妾(わらわ)になにもないとおっしゃるのならば、あなたが、なにかをくだされればよろしかったのでは？」

　こぼした涙は、雪原に落ちる前に、雪と変わって、新たに降り積もる。

　この雪原は、彼女の涙が雪に変わった姿だというように。

「ああ、そうか……」

　ここは、精神の世界。

　肉体という鎧(よろい)がない状態で、むき出しの心が反映される。

　自分の中にある、ホワイティへの気持ちが、そのまま伝わったのだ。

「ホワイティ、それは違う。『なにかを与える』など傲慢(ごうまん)だ。人は結局、自分で掴(つか)まなければならないんだ」

「あのような家で生まれ、他にどう生きればいいとおっしゃるのですか？」

「そうだね」

それが、ブルーの、彼女への罪悪感にも似た感情だった。

「あの頃の僕は考えが浅かった。許嫁という鎖をなくせば、キミは自分で何かを見つけることができると思った。だがそれだけでは足りなかったようだ」

そのためなら、自分を憎んでくれていいと思っていたブルーだったが、それだけでは足りなかったのだ。

彼女自身が、自分で見つけ出すためには、ほかにもっと早く引きちぎらねばならないものがあったのだ。

「もういいだろう、いい加減出てくるんだ。〝北の魔王〟！」

ブルーの一声に、ホワイティの体が歪み、その姿が変わる。

巨大な、真っ黒なボロ布のようなマントを纏った、髑髏の王様。

「我の名前を知っておったか……若きゲイセントよ」

しわがれた老人のような、もしくは、枯れた大木に、風が吹き通るような声であった。

「百年前にね、父が話してくれた。ただのおとぎ話かなにかと思ってたんだがね」

ブルーの一族は、兄二人は早逝したが、他は長寿の者が多かった。

それ故に、ブルーの実家、鬼王家の開祖が、初代ゲイセント王から聞いた話を、その息子であるブルーの父に語ることで、比較的精度の高い情報が、口伝として伝わったのだ。

「初代様は、お前の財宝を見つけてしまった。そして、呪いをかけられた」

今まで、どこか違和感を覚えていた。

絶死の呪いの存在、〝生きる呪い〟のイリュー。

彼女が最初に襲ったのは、初代魔王ゲイセント一世だと言った。

つまり、「見つけた者に呪いをかける」という埋蔵金の呪いは、ゲイセントの一族による報復装置ではないということだ。

「初代様もまた被害者、呪いの存在のイリューを封じることで、危難を逃れた」

「あのクソガキめ！　姑息な手を使いおって！」

北の魔王とよばれし髑髏の亡霊は、忌々しげに言う。

「だが、あやつも流石に、我が生きているとは思っておらなんだようよな。やつめが寿命が尽きて死ぬまで、ひたすら待ち続けた。そして、再び魔王に返り咲く機会を、ひたすらな！」

「気の長いことだ……千年も呪い続けるとはな」

「我にとってそれくらい些末なことよ、おかげで……！」

北の魔王の気迫が膨らむ。

同時に、まとっていたボロ布のようなマントが広がり、ブルーの体を縛り付ける。

「ぐうぅ!?」

「おかげで、千載一遇のチャンスがきた。貴様自身が、我が自由にできる場所に来てくれたのだからな」

北の魔王もまた、「実体なき」幽体の存在。

直接攻撃を仕掛けることができない。

それ故に、他者の肉体に宿ることで、その力を行使した。

ホワイティに、モンブランに、そしてホワイティの父の、先代邪王家当主にと。

「わかっておらぬようだから言ってやろう。幽体は物理的な干渉は不可能だ。だが、幽体同士なら接触は可能。さらに、ここは精神世界だ。むき出しの精神がぶつかり合う」

この中で傷つけば、それは心的外傷となって心を蝕み、この中で殺されれば、霊魂は霧散し、消えてなくなる。

「死ぬがよい若きゲイセントよ！　あの世で始祖と会うてくるが良い！」

マントもまた、北の魔王の体の一部。

それがブルーの体を締め付け、そのまま二つにへし折ろうとしていた。

「僕は、このまま死ぬのか……」

「おうそのとおりよ」

苦しげに呻くブルーに、北の魔王は嬉しげに告げる。

「それは……困るな……」

「安心せい、我は困らぬ」

じわじわと、苦痛を感じさせるようにして殺そうとする北の魔王。

彼は気づいていなかった。

「いや、神様は困る」

「なに？」

この状況に持ち込むことが、ブルーの作戦であったことに。

「なんだ!?」

驚きの声を上げる北の魔王。

突如、ブルーの体が輝きだし、触手のように縛り付けていた彼のマントを切り裂いた。

「馬鹿（ばか）な、この精神世界で、一体どんな力が……！」

二百年も生きていないブルーは、北の魔王からすれば、赤子も同然。

そんな相手の精神力が、自分に勝るわけがない。

それは油断以前の、事実であった。

「僕はね、今……税天使さんの預かりの身分なんだよ」

ブルーが霊体なのは、ゼオスの力によって〝死〟が停止されているから。

それも、理由なくではない。

納税に関する聞き取り調査のために、幽体の姿となっているのだ。

「僕から〝聞き取りができなくなる〟状態にすることは、神のお使いが許さないんだ」

光の源は、ブルーの胸元にあった。

そこにあったのは、一枚の羽根。

税天使の翼の羽根であった。

「これはゼオスくんの羽根だよ。僕を幽体で蘇らせる際に、触媒として用いたのさ」

その羽根から発する光が、北の魔王を退けた。

「幽体は物理攻撃も魔法攻撃もできない。同時に、物理攻撃も魔法攻撃も効かない。でも、同じ幽体同士なら干渉できる」

これこそが、ブルーの策であった。

自らをあえて窮地に晒すことで、「〝税〟に関することのみ」行使できるゼオスの力を引き出す。

「僕を消す……すなわち、税調査の聞き取りをできなくしようとすれば、税天使の力は、キミを僕の前から排除しようとする、すなわち――」

ホワイティの精神世界から、強制的に追放される。

「税天使の力は、アストライザーの力だ！　絶対神の力だ！　お前に抗えるか！」

「ぐおおおおおおっ！！！」

北の魔王の、絶叫が響き渡った。

一方、固まったままのホワイティの前で、メイたちは待ち続けていた。

「遅いわね……もう、夜になっちゃったわよ」

砕けた壁から見える景色は、すでに夜に変わり、月と星が浮かんでいる。

「手こずっているのかしら……」

ただ待っていることしかできないもどかしさに、メイは苛ついていた。

「精神世界は、時の流れも異なります。向こうでは一瞬でも、外では数時間経っていることもありえます」

そんな彼女に、ゼオスは冷静な表情で告げる。

「それよりも……」

だが、今夜だけは、少し様子が異なった。

声は冷静、表情も変わらず。しかし、少しだけ、指先を泳がせていた。

なにかの時間が、迫っているように。

「ぐおおおおおっ!!」

その時、突然、ホワイティが叫びを上げた。

「なになになになに!?」

メイがうろたえている間に、その口から、真っ黒ななにかが吐き出される。

「なにこれなにこれなにこれ!?」

ボロボロのマントを着た、冠をかぶった髑髏の幽霊——北の魔王であった。

「なんなんですかこれなんですか!?」

「落ち着きなさい、クゥ・ジョ」

泣きながら抱きつくクゥに、ゼオスは息を一つ吐く。

「魔王ブルーの作戦が、成功しただけの話です」

そして、そう言った直後、今度はブルーの霊体が、ホワイティの口から飛び出した。

「ふぅ……戻れた……」

「ブルー！　大丈夫!?」

「ああ、なんとかね……」

霊体なので、汗はかかないはずなのだが、それでもブルーは額を拭わずにいられなかった。

なにせ、誇張抜きで「死ぬかと思った」目にあったのだから。

「……上手くやったようですね」

ブルーが、如何にして北の魔王を追い払ったのか、ゼオスには通じていたようであった。

「ああ、キミには相変わらず、世話になりっぱなしだ」

彼がこの作戦を思いついたのは、操られたホワイティの攻撃から、クゥを守った時のゼオスの発言だった。

「〝税〟の天使である私への干渉を排除することは可能」――

すなわち、相手が何者であろうと、ゼオスの力ならば、排除できるということだ。

あの段階で、ゼオスはブルーたちに、攻略のヒントを授けてくれていたのだ。

「なにを言っているかわかりません。礼を言われる筋合いはありません」

「はは……」

しかし、やはりゼオスは、「そちらが勝手にやったこと」という姿勢を崩さない。

「それよりも……早くホワイティに、同意書のサインを貰うべきでは？」

「え……でも、彼女はまだ……」

ゼオスにしては珍しく、急かすような物言いであった。

「う、ううん……」

二つ分の霊体を吐き出し、倒れていたホワイティは、ようやく意識を取り戻したばかりであった。

「あああああ！！！！」

「なに!?」

その悲鳴にも似た叫びを上げるクゥに、メイは腰を抜かしそうになる。

「ブルーさん、メイさん！　早く、早くホワイティさんにサインをもらってください!!」

「え、なに!? アンタまで?」

ゼオスに続き、クゥまで二人を急かし始め、メイはうろたえる。

「忘れてた、そうだ……そうだったんです! 間に合わない!」

「何がよ、落ち着きなさい。まだ時間はあるわよ」

メイたちは、ブルーを蘇らせるため、〝ソウゾクホウキ〟を成そうとしていた。

そのタイムリミットは、ブルーが霊体として〝死が停止〟されている七日間。

今日はまだ六日目であり、丸一日残っている。十分間に合う。

「違うんです!」

しかし、それと異なるタイムリッミットがあったのだ。

それを思い出し、クゥは焦っていた。

「〝ソウゾクホウキ〟ができるのは、相続権があると、本人が認識してから、三か月以内なんです!!」

「「え!?」」

告げられた事実に、ブルーとメイは、そろって声を上げる。

「三か月って……いつよ……?」

「僕が、ムーンバックから、埋蔵金の場所を知らされた日だと仮定すれば……」

二人そろって、指を数える。

すでに、二か月と三週間……いや、四週間、かなりギリギリの日数のはずであった。

「今日です！」

「「え――――!!!」」

計算するより早く、クゥに告げられ、二人揃ってまた声を上げる。

ゼオスが急かした理由は、それだったのだ。

すでにもう夜は遅い。

正確な時間はわからないが、日付が変われば、〝ソウゾクホウキ〟は受け付けられない。

「ううん……あれ……妾はなにを……」

一同の大声に、目を覚ましたホワイティは、意識も取り戻す。

「妾は……そうか、なにかに取り憑かれ……ブルー陛下、勇者メイ、あなたたちが、妾を助けてくださったのですね……ありがとう――」

「「そんなことより!!」」

丁重に礼を述べようとする彼女に、ブルーとメイは、嚙みつかんばかりの勢いで迫る。

「あの、なにか……えっと……？」

「いいから、これに、名前、書いて!!!」

同意書を押し付けるメイ。

「はい？　あのこの書類はなんですか？」

「同意書、早く、頼む!!」

無理やりペンをもたせるブルー。

「ええっと、なんて書いてあるのでしょう……」

「『読まなくていいから名前だけ書いて！』」

まるで、力押しの詐欺師のような会話で、無理やり署名をさせる。

「やった、これで……！」

同意書に不備がないことを確認したクゥは、ゼオスに向き直る。

「やられました」

だが、ゼオスは目を細め、つぶやくのみであった。

「残念ですが」

そして、手のひらをかざし、空間に光で時計盤を作り出す。

その表示は、わずかに0時を、過ぎていた。

「うははははははははははっ!!」

落胆する三人を前に、高笑いが響く。

「残念だったな若きゲイセントよ！」

吹き飛んだと思われた北の魔王が、再び現れた。

「我が仕込みし呪(のろ)いを、〝ゼイホウ〟の力を用いてひっくり返すとは、見事な妙案であったが……最後の最後で、詰めが甘かったな」

「お前は……知っていたのか、〝ゼイホウ〟のことも！　期日のことも！」

「まぁな、伊達に長生きはしとらんよ、小僧」

にらみつけるブルーに、北の魔王はカタカタと、髑髏の歯を鳴らして返す。

「長生きだと……お前のそれが、生きていると言えるのか！」

「真正のゲスのクソ野郎ね……吐き気がするわ」

現れた骸骨の亡霊を前に、メイは、罵る言葉が足りないことを悔やんだ。

「くかかかかかかかか!!」

なにせ、メイにそれだけ言われても、北の魔王は怒るどころか、小鳥のさえずりを聞いたがごとく、嗤っているのだから。

「言いたければ言うが良い小娘。それでも我は生きておる。ゲイセントが死んだ後も、その子や孫が死んだ後も、今も生きておる！　生きておるほうがエライのだ！」

「それはもう生きているとは言えない。死んでいないだけだ」

「どちらも同じじよ」

ブルーの皮肉も、千数百年の時をさまよう亡者には通じない。

「ゲイセントめが、我が死体を八つに裂き、燃やして灰にして海にまいたせいで、再び一個の幽体に戻るのに時間がかかったがな。それでも、最後に笑うのは我よ」

死を知らぬ怨念は、時間でも制約できない。

何百年もの時をかけ戻ってきた北の魔王は、邪王家を乗っ取り、さらに魔王の座まで奪い取ろうとしたのだ。

「我は何度失敗しようが死ぬことはない。だが貴様らは限られた命……最後の希望も潰えたなぁ」

北の魔王は大げさに歯を鳴らし、ブルーやメイを煽る。

ブルーを蘇らせる作戦を知った彼は、少しでも時間を無駄遣いさせ、あともう少しというところで、希望を潰し、さらなる絶望に落とし込もうとしたのだ。

そして、それは成功してしまった。

「バカな、ほんの数秒じゃない！」

「税の天使よ、この数秒を、貴様らは見逃すのかな？」

なおもあきらめきれないメイを前に、北の魔王はゼオスに問うた。

「法とは、厳密に、厳正に取り扱われねばなりません。一秒なら許されるなら、十秒では？　一分では？　一時間では？　一日、一か月、一年……際限がありません」

ゼオスの回答は、正しかった。

正しく、救いがなかった。

「ウソ、じゃあ……ブルーは……生き返らない……？」

「はい、相続権放棄の期限は過ぎましたので、〝ゾウゾクホウキ〟は認められません。ブルー・ゲイセントの〝死の呪い〟は、受け継ぐべき相続財産です」

「くっ……いやぁ――――!!」

変わらない事実を突きつけられ、メイは叫ぶ。

「そんな、ことって……」

ホワイティも力を失くし、膝をつく。

「本当に、ダメなの……」

それでもあきらめきれないクゥは、なおも考えを巡らせる。

「……………異議は、ありませんね」

「…………!」

そんな彼女に、ゼオスは最終確認を取ろうとする。

あるに決まっている。

でも、今さら覆せない――

「いや、まだ、できる……」

最後の手段、一か八かの、最後の賭けが、残っていた。

「聞いています。異議はないですね?」

「いえ、あります!　ありありです!」

クゥは、正面から、ゼオスに異議を唱えた。

「クゥ？」

「クゥくん？」

「なにを愚かな……」

今さらあがいてもどうにもならない、そう思っていたメイやブルーが驚く。

さらには、北の魔王まで、半ば呆れたような顔でクゥを見る。

天界の使いが言ったのだ。

今さらどうにもならないはず。

これで終わりなのだ。

「そうですか、意義があるのなら仕方がない」

しかし、返ってきたゼオスの返事は、まるで、「まだ先がある」と言ったようなものであった。

「はい、異議があります。こんなの認められません。だから……」

決意を込め、クゥは言い放った。

「訴えます、天界を!!」

天界を訴える――

突如としてクゥのはなったその一言に、その場にいた一同は、ブルーやメイ、ホワイティは
おろか、北の魔王まで驚愕した。

ただし、ゼオスのみが、やはり冷静なままであった。

「で、できんの、そんなの!?」

「はい！　できます！」

尋ねるメイに、クゥは堂々とした態度で返した。

絶対神アストライザーの定めた、〝掟(おきて)〟。

絶対神が定めた、絶対であるはずのそれに、「まちがっている！」と言うなど、信じがたい話であった。

「でも、相手は神様で……」

神に逆らえばどうなるか、それも最高神の絶対神である。

神の怒りで世界が滅ぼされるまで、可能性としては存在するのだ。

「神様だろうがなんだろうが、法の執行に不服があるならば、訴えます。これもまた、絶対神が定めた掟、そうですよね！」

「ええ、法の解釈は、時に分かれるときがあります。その時に、不服申し立てを行う権利を、絶対神は認めています」

「ならば、ここに〝サイシンサセイキュウ〟を申し立てます！」

クゥの問いを、ゼオスは肯定した。

「そうか……法解釈か」

両者の会話を聞き、ブルーが理解したとばかりにつぶやく。

「どゆこと?」

「うん、例えばね」

未だわからぬメイに、わかりやすく解説する。

「例えば、『戦争をしません、中立です』と宣言した国があったとするよね。それが国際法的にも認められているとする。その国に攻撃をしたら、反撃を受けてもしょうがないとする」

人類種族領の国の中でも、そのような宣言を出している国はある。

「じゃあ、どこからが〝攻撃〟なんだと思う?」

「え、そりゃあ……」

問われ、メイは考える。

「攻撃だから、攻め込まれたらでしょ?」

「じゃあ、その〝攻め込む〟って?」

「ええ!?」

なんとなく、漠然と〝戦争をしない〟と言われても、どこからが〝戦争〟かと言われれば、定義決めは意外と難しい。

「国境を侵犯されたら? 建物や橋が壊されたら? 国民が被害を受けたら? それなら、どこからが〝攻撃を受けた〟になるのかな、何人から?」

「ええっと、ええっと、ええっと……」

どれも〝攻撃を受けた〟とも言える。

しかし、これが互いの認識が違えば。

「どこからが〝攻撃を受けた〟と考えるかの線引きが違えば、〝攻撃を受けたから反撃した〟と主張しても、〝これは攻撃ではない〟と主張した相手側からしたら、中立を宣言した国のほうが、前言を破って、先制攻撃をしたことになってしまうんだ」

「ええ、それおかしくない!?」

「おかしくないんだ、ありえることなんだ」

法というのは、定められたはいいが、その内容には複数解釈が存在する。また、対象となる案件も、それぞれ様々な事情がある。

「だから、絶対に守らねばならないと定められた〝掟〟でも、個別の事情は考慮していない。またそこまで厳密に定めることもできない。なので……」

「文句があるなら聞いてあげる――って〝掟〟も作ったってこと?」

「そういうこと」

それが、クゥの最後の奥の手。

絶対の掟、〝ゼイホウ〟自体への「異議申し立て」――〝サイシンサセイキュウ〟であった。

「な、なにをしようというのだ……」

うろたえる北の魔王。

老練なる彼ですら、想定もしていなかった事態になっていた。

「北の魔王……お前は凶悪で強大な敵だ。多分、僕やメイくんだけじゃ、抗(あらが)いきれない策士だ」

その彼に、ブルーはほんの少し、自慢げに告げる。

「だが僕らには、とても頼りになる、〝ゼイリシ〟さんがいるんだよ」

「〝サイシンサセイキュウ〟を受理しました。出ませい、天界の審判よ!!」

ゼオスが手を伸ばし、宣誓をするや、凄まじい地響きが起こった。

それだけではない、周囲の光景が変わっていく。

「これは……」

その力の流れに、メイは息を呑んだ。

人類種族や魔族が使う魔法などと言った、そんなチャチなものではない。

凄まじい力が、世界そのものに干渉する、まさに神の力の発動であった。

「天界の審判が降臨……まさか……」

ブルーが見上げると、すでに消え去った魔王城の天井に代わって、金色に輝く雲が空を覆っていた。

その雲が切れ、階段のような光が伸び、一つの人影が、ゆっくりと降りてくる。

「あれが、アストライザー……」

後光に照らされ、顔がよく見えない。

その姿は、「絶対神」と聞いて浮かべるイメージとは異なり、小柄な少女のようであった。

しかも、背中には一対の羽がある。

「羽？」

違和感を覚えたメイがつぶやいたのと、その影の当人が声を発したのは、ほぼ同時であった。

「どもー！　呼ばれて飛びでて大・降・臨!!　あちし参上!!」

現れた少女は、元気よく、この上なく陽気にポーズを決める。

「はい!?」

「えええ!?」

「んん～～～!?」

戸惑うクゥに、固まるメイ、困惑するブルー。

全員揃って、この事態にどう対処していいかわからなかった。

「コホン」

さすがに見ていられなくなったのか、ゼオスがわかりやすく咳をして、現れた少女に自制を促す。

「いや～下界も久しぶりだねぇ、前に降りたのいつ以来だっけ？　ゼオスちゃんと違ってさぁ、あちしはあんま下界に呼ばれることなくてねー」

しかし少女は気づかない。

しょうがないからゼオスはさらに咳をする。

「コホンコホン」

「あ、あちし呼んだのお嬢ちゃん？　こりゃまた可愛い子だね……あれ、もしかして君ってばぁ、クゥちゃん？　ゼイリシの、あやっぱそーかぁ」

「え、え、え、えええ⁉」

されどやっぱり気づかない少女は、目に入ったクゥにフレンドリーに迫り、両手を握ってブンブンと振っている。

「コホンコホンコホコホコホン‼」

ええ加減にせいといわんばかりにわざとらしさを隠すことなく、ゼオスは咳をした。

「どったのゼオスちゃん、風邪？　ダメだよ～、お腹出して寝てるからだよ」

「天使は風邪などひきません。真面目にやりなさい、トト・メル！」

ようやく気づいたと思ったら、少女──トトは、見当違いの反応を返す。

「トト……ってことは、そのねーちゃんがアストライザーじゃないの？」

拍子抜けしたような顔と声で、メイが言う。

そこまできて、ようやく一同は、降臨した少女がアストライザーではないと理解した。

「やーねぇー、アストライザーがそう簡単に地上に降臨するわけないじゃない。あちしは、異議申し立ての再審査請求があった時に降臨する天使、査察天使のトト・メルちゃんだよ」

「…………」

言われて応じるトト・メル。

再び、小粋にポーズをキメ、メイたちを困惑させる。

「同じ天使でも、随分雰囲気違うなぁ……」

「いやいや、天使ってみんなこんな感じだよ、ゼオスちゃんみたいなのが少数派だから」

率直な感想を述べるブルーに、トトはケラケラ笑いながら返した。

「マジか～……」

わちゃわちゃとやかましい小娘か、無愛想な小娘ばかりが飛び交う、呆れたような、恐ろしいような世界を想像してしまっていた。

そこに――

「天界の者が何の用だ！　口出し無用に願おうか！」

「ん？」

傍観していた北の魔王が怒鳴りつける。

九分九厘成功しかけていた作戦の、最終段階で水をさされたことで、激しく憤っていた。

「これこれ……地上の民よ」

「な………」

しかし、トトに振り向かれ、わずかに視線を向けられただけで、北の魔王は押し黙る。

「我はアストライザーの名代としてここに降臨している」

「う、うう……」

トトは別に、憤怒の形相をしたのでも、烈火のごとく睨みつけたのでもない。

彼女はさっきまでと変わらぬ笑顔をたたえたまま、ただ、見つめているだけだ。

「貴様に我が職務を差配する資格はない。分をわきまえろ」

「うおおお………」

だがそれだけで、溢れ出る神気を前に、北の魔王は屈服させられた。

「ふえええ………」

「や、やっぱ天使は天使なのね……」

その見た目と雰囲気から、「ホントに大丈夫なのか？」と、どこか頼りなさを感じていたクゥとメイであったが、その認識を大きく改める。

ゼオス同様、人類種族や魔族とは、一線を画する者たち。

そう、「逆らってはならない」相手なのだ。

「さてと、んじゃ始めよっか……え〜っとゼオスちゃん、説明よろしく」

改めてとばかりに、トトは威圧感を消した。

「ここなる人の子が、アストライザーの定めし〝ゼイホウ〟の掟に基づいての処置を、不服とし、異議申し立てを行いました。査察天使よ、天界の法に基づき、裁定を願います」

「おーけいおーけい、承ったよ。んで、いかなるものかな？」

パチンとトトが指を鳴らすと、巨大な石柱が三本、地面から伸びる。

一本の先端にはトトが立ち、もう一本にはゼオス。

そして最後の一本には、「ここなる人の子」である、クゥが乗った。

「ふえええええ!?」

うろたえるクゥをよそに、ゼオスは審議の詳細を説明する。

「ここに在りし者、魔族のブルー・ゲイセント。かの者は、先祖の遺産を相続し、その財と同じく、その財にかけられし呪(のろ)いも相続した。相続において、正の遺産のみならず、負の遺産の継承も義務。かの者の死は、〝ゼイホウ〟に基づくものである」

「ちょ、アンタ！　敵なの、味方なの！」

さっきまで自分たち側にいたと思ったゼオスが、「ブルーが死んでも仕方がない」とでもいたげな物言いを始め、メイは怒りの声を上げた。

「ゴホンゴホン！　勝手な発言は困るんだけど」

だが、それは北の魔王ほどではないが、査察天使トトの気分を害するものであった。

再びパチンと指が鳴らされると、今度はメイやブルーの前に、横いっぱいに石造りの格子が現れる。

「これは……」

それは境界線でもあった。

ここより外にいる者、この中で起こることに口出し無用手出し無用。

黙って見ていろという意味であった。

「メイさん、ゼオスさんは、天界側の者として証言する義務があるんです」

その格子の向こうから、高さに怯(おび)えながらも立ち上がったクゥが告げた。

「なるほど、そうか……これは神前裁判なんだ」

一連の動きを見て、ブルーはそれが意味するところを悟った。

「神前……どゆこと?」

「神の前で行われる、己の正当を証(あか)す儀式なんだが……」

問いかけるメイに、ブルーは視線を前に向けたまま言った。

裁判とは、本来儀式であった。

正しき者を神が見捨てるわけがない——という発想から、神の前で互いに正当を主張し、それを証すため、時には「焼けた石を持たせる」「縛り付け川に落とす」などが行われた。

正しい者ならば、神が必ず加護を与えるだろうと。

「あの査察天使トトは、アストライザーの代理、すなわちアストライザー自身だ。その前で、ゼオスは天界側の見解を述べ、クゥはそれに異を唱え、是正を訴えている」

ゼオスの述べる論理を全て覆すことで、神を動かし、その力を引き出す。

これは、裁判の形を取った、儀式なのだ。

「でもそれってさ……」

ふと、メイの脳裏に、嫌な予想が浮かぶ。

「この裁判に負けたら、どうなんのよ……？」

儀式というものは、成功すれば望む結果が発動するが、失敗すればその反動は全て請求者に帰ってくる。

この裁判は、ある意味、神に抗う行為である。

神の定めたこの世の道理を疑い、神に対して『間違っている』と叫ぶに等しい。

もし負ければ、ブルーが生き返れないどころではない。

異議を訴えたクゥにも、相応のペナルティが発生しかねない。

だが――

「ブルーさんは、相続において、負の遺産の存在を知りませんでした。〝ゼイホウ〟に基づき、その相続の放棄は認められています！」

石柱の上でふらつきながら、それでも立ち上がると、クゥはゼオスに反論した。

裁判に負ければどうなるか――そんなことはクゥも理解の上である。

だからこその、「最後の手段」でもあった。

わかった上で、彼女はこの場に立っているのだ。

「されど、その放棄には期限がある。三か月の期限内に申告せねば、ソウゾクホウキは認められない。これもまた〝ゼイホウ〟に示されたとおり！」

クゥの反論に、さらにゼオスは反論する。

ここまでは、ある意味で「ここまでのおさらい」である。

ここから如何に、異議を立証し、覆すかが重点なのだ。

「相続者であるブルーさんは、負の遺産である〝死の呪い〟のことを知りませんでした。これでは、正当な相続の判断ができたとは言えません、異議を唱えます！」

クゥは、「〝死の呪い〟のことを知らされなかった」ことによる、「公正な判断」ができなかった点を訴える。

自分が死ぬと言われて、そんな財産を相続したがる者などいないという論理だ。

「その異議に異を唱えます。そもそも、相続は、その被相続者の死から、もしくは、被相続者の死を知ってから三か月以内に、その判断を下すべしとあります。この場合、被相続者である初代魔王が死したのは、七百年近く前。むしろ、埋蔵金の存在を知ってから期限を切った分、温情的な措置と言えます」

対してゼオスは、「今代に至るまで、正確な伝達を行っていなかった点」を持って、クゥの異議に反論する。

「相続者は、自己が相続する遺産となる財産の管理、把握をし、行っていて然るべきもの。それを三か月もの猶予を与えているにもかかわらず、後になって慌てて放棄を申請すること自体が、日頃の杜撰な財産管理故。これは自業自得と言うにふさわしく、そのツケを天界側に異議申し立てで払わせようということ自体、傲慢と言えます」

淀みなく朗々と、一部の隙もなくまくしたてる。

ゼオスの論理はことごとく正論であり、それゆえに、入り込み覆しづらかった。

（ゼオスさん……一切手を抜かない……厳しいくらいに、理論に隙がない……）

知らなかった——だけでは、異議を通すことはできない。

〝ゼイホウ〟は、「知っていて当然」な期間まで含めて制定されている。

その上で「知らなかった」と言われても、それは「知ろうともしなかった」者の責任となる。

（でもそうじゃなきゃダメなんだ。査察天使さんが不服申立てを認めるには、天界の法解釈の抜けを納得させなきゃいけない……）

反論の糸口が見つからないことに苦しみながらも、ゼオスへの恨みはなかった。

これは一種の儀式なのだ。

ゼオスが完全な正論を展開し、クゥがそれを前にしてなお異議を通すことで、アストライザーを動かし、奇跡を起こす儀式なのだ。

（でも、どうすれば……）

焦るクゥの脳裏に、一つの疑問が浮かぶ。

（ん……………？）

ふと、違和感に気づく。

（あれ……今……？）

ゼオスは、怜悧冷徹、冷酷なまでに正論で殴っている。

そこに、情が入り込む余地はない。

ないはずなのに――

（ゼオスさん……）

違和感の正体がわかった。

だが、それは希望になりうるのか、あまりにも小さな糸口だった。

「もう終わりですか？」

「まだ、まだ終わってないです」

クゥは一か八か、その糸口を握り、反撃を試みる。

「傲慢……とは言えません！」

負の遺産である〝死の呪い〟のことを知らなかった。

これを、「仕方がないこと」と納得させられるか、それが論点であった。

「ならば、その根拠をお示しなさい」

「示せます！　だからこその異議申し立てです！」

冷たい声で告げるゼオスに、クゥは今一度挑む。

「今回の相続において、相続者であるのはブルーさん、そして、被相続人は初代魔王さんになります！」

クゥはなおも「知らなくても仕方がない」の論拠を打ち出す。

「初代魔王さんがお亡くなりになったのは、ブルーさんが生まれる五〇〇年以上前！　すなわち、双方の間に、その相続財産を正確に伝達する関係がありませんでした！」

そもそもの発端は、初代魔王から現魔王のブルーに至るまでの、伝達がはっきりと行われていなかったこと。

その事実の前には、仮に何百年もの時があっても、「知りようがない」のだから、「知ろうとすること」もできないのだ。

「それでも、魔王城には財産管理者がいたはずです。それらを仲介しての伝達が行われてしかるべきです」

「いいえ、埋蔵金は、その詳細を知っていた人物が初代魔王さんの生前にお亡くなりになって、詳細な情報は伝えられる状況が断絶していました。これは、公正かつ健全な相続が行われる環境とは言えません」

ゼオスの反論は予測の範疇、それにクゥはさらなる巻き返しを図る。

「そもそもが、相続税における〝三か月の猶予〟は、生活を共にする家族、もしくはそれに近い関係を前提としています。相続者と被相続人が、互いにまったく面識がない状態での相続に対応させるのは、法の前提から外れています」

「それでも、ブルー・ゲイセントは魔族の王族……相続に関する伝達が、完全になかったとは言い切れません」

詳細な伝達は、確かに行われていない。

しかし、「初代魔王の遺産」の伝説の形で、その存在自体は知らされていた。

〝言い切れない〟と言われれば、抗うことは難しい。

「言い切れます！」

それでも、クゥは退かない。

「それを証す証拠があるのですか？」

「あります！」

ゼオスの追求に、最後の決め手となる一手を放つ。

「魔王紋です!!」

魔王紋――魔王……正確には、魔王となった者にのみ使用が許される紋様魔術。

「初代魔王さんの掘った魔王紋の結界……ありとあらゆる者を退ける、人払いの結界です！」

北の魔王の財宝が置かれていたダンジョンに入らせないように、千年近く施された結界である。

「魔王紋の解除には、キーワードが必要！　それがなければ、あると知っていても、財宝に触れることもできません。銀行口座の暗証番号も同様です！」

人払いの結界は、メイの持つ光の剣で、ようやっと破壊できた。

しかし、「魔族の王」が、「勇者の力を借りる」など、本来なら絶対にありえない。

つまり、「絶対に触れない」状態だったのだ。

「相続に必要な最低限度の情報すら伝達されていなかった、なによりの証拠！　これで、判断をせよと迫るのは、あまりにも不当と言わざるを得ません！」

「ならばなんとするのです」

クゥの論撃を、ゼオスは躱すのでもなく、跳ね返すのでもなく、まるで、引き込むように返す。

「被相続人の財産の状況を把握し、正の遺産、負の遺産、双方がはっきりとわかって後、初めて、相続を承諾するか、放棄するかが判断できる、つまり……」

これが、クゥの見つけた糸口だった。

「相続放棄の期限を、埋蔵金の金額、並びに、それに付属した〝死の呪い〟が発覚した時点を基準とするよう、申し立てます！」

相続放棄に定められた期限を否定するのでもなく、また特例として期限の引き伸ばしを願うのでもない。

期限の起点――すなわち、「相続するか否か」の判断を行う起点自体に異議を唱えたのだ。

これならば、〝ゼイホウ〟を否定することなく、意図を認めつつも、前提が異なれば、基準も変わるところを攻めた。

「ふぅん……なるほどねぇ」

一通り聴き終えたところで、トトが言う。

「ゼオスちゃん、まだ言いたいことある？」

「私は言うべきことは言いました」

これ以上言うべきことはない、と言うように、ゼオスは目を伏せた。

「彼女の提案を、是とするか否とするかは、あなたの職務です」

「だねぇ」

だが、その態度からなにかを察したのか、トトは楽しげに笑う。

そして、今度はクゥの方に向き直り、世間話をするようなノリで話しかける。

「ふふ……ええっと、クゥ・ジョ？　あなたのことは聞いてるよ。ゼイリシの一族最後の一人、あのゼオス・メルをやり込めたって、天界じゃちょっと有名人だよ」

「え、ええ!?」

「んで、天界一のクールな天使ゼオスのお気に入りってんでね、そっちの意味でも有名さ」

「トト!?　なにを言いますか！」

ゼオスが、やや焦ったような顔で声を放つが、トトは気にせず笑ったまま続ける。

「だ、け、ど……それとこれとは関係ない。あちしは査察天使、見るべきものを見る」

査察天使トト、彼女はアストライザーの〝目〟の代理。

ただし、ただ見るだけではない。

絶対神が見るのと同様、まなこに映るものだけでないものも〝視(み)る〟。

「絶対神アストライザーは、慈悲深き神だ。この世の全ての命を等しく慈(いつく)しみ、この世界が正しく、健やかに回ることをなによりも願っている」

アストライザーの慈悲は、この世の全てに及ぶ。

それ故に、絶対神はえこひいきをしてはならない。

如何(いか)なる者にも公正にあらねばならない。

それこそが、絶対神が自らに定めた、絶対の掟(おきて)なのだ。

「陽(ひ)の光が等しく全ての者に当たるように、神の御心も、等しく降り注がれる……わかるかい？」

「えっと……」

トトがなにを言わんとしているのか、クゥにはよくわからず、うろたえることしかできなかった。

「ふふっ」

だが、その様を見て、トトは笑う。

わかっている者ほど、わからないことというものはある。

それを彼女は知っているからだ。

「だからこの裁きは、アンタがいい子だからやるわけでも、悪い子だからやるわけでもない。そういうことさ」

そう言うと、トトは初めて笑みを消し、厳粛な顔つきで、裁定を下した。

「絶対神アストライザーの名のもとに置いて、査察天使トト・メルが裁定を下す。ゼイリシ、クゥ・ジョの不服申し立てを受理する!! 魔王ブルー・ゲイセントの相続放棄の期限は、その相続財産の全貌（ぜんぼう）があきらかになった、今より九日前を起点とする。よって――あと八十一日の猶予を認める！ その間に、相続するか、放棄するか、汝（なんじ）の意志によって定めよ！」

「…………！」

下された裁定を聞き、今まで見守ることしかできなかった、メイとブルーの二人は、その言葉を噛（か）みしめる。

「ってことは――」

申告期間の始点がズレたことで、当然、期限も変わる。

「査察天使トト・メル！ 税天使ゼオス・メル！ 伏して願い申し奉る！ 僕は、初代魔王よりの遺産、〝北の魔王の埋蔵金〟の相続を放棄する！ ここに、他の相続者たちからの同意書もある！ 受理願いたい！」

その裁定を聞き、ブルーは即座に、〝ソウゾクホウキ〟を申請した。

「承（うけたまわ）りました……では、先んじて魔王ブルーが相続した〝死の呪（のろ）い〟は、正しき相続ではないということで、没収いたします」

その申請は受理される。

ブルーの相続した〝死の呪い〟が、相続権が放棄されたとして、没収される。

すなわち、〝死の呪い〟による〝死〟も、〝なかった〟ことになる――

「これは……」

ブルーの体が金色に輝き、次の瞬間、半透明だった霊体が、肉体を持ったものに変わる。

「肉体は今も棺桶（かんおけ）の中でしたが……こちらはサービスで、ついでに戻しておきます」

本来は「霊体が肉体に戻る」なのだろうが、ゼオスは霊体の側に肉体を戻した。

絶対神の力ならば、それくらい誤差のレベルの〝ついで〟であった。

「ブルー……」

「メイくん……」

見つめ合う、メイとブルー。

互いに手を伸ばし、体を近づけ、抱き合うか――

「てい!!」

「ぼはっ!?」

というところで、メイの拳（こぶし）がブルーの顔面をえぐりぶっ飛ばす。

「生身だ！　ブルー！　アンタ、体戻ってる！　生き返っているよ！」

「他の確認方法があると思う………！」

久々のメイのパンチに、ブルーは避けきれず地面を転がった。

「やった……ありがとうございます！　ゼオスさん！　トトさん！」

もう二度と戻らないと思った二人のやり取りを前に、クゥは嬉し涙を流しながら、ゼオスとトトに礼を言う。

「私はなにもしていませんので」

「もっと笑顔で返してやんなよ～、せめて、『礼を言われるようなことはしてないよ、あなたががんばったからだよ』とかさ、笑顔で」

「………ですから」

例によって、やはり無表情のゼオスであったが、今日は同僚が隣にいるからか、ややいつもの調子が出せないようであった。

「こっそり、助け舟出さなかった、ゼオスちゃん？」

「……なんのことでしょう」

クゥたちには聞こえないように、そっとトトはささやく。

「アンタがさぁ、〝傲慢〟なんて言葉、わざわざ選んで使うの、珍しいよね？」

しかし、トトは「お見通し」とばかりに告げる。

「ツケを天界側に異議申し立てで払わせようということ自体、傲慢と言えます」――

日頃、冷静で、声を荒らげないゼオスが、あえて相手を叱責するような言葉を用いた。

それは、「期限の延長や特例は認められない。別の方法を探せ」という暗示でもあった。

「他の子なら気づかない。意味もわからない。でも……あの賢いクゥちゃんなら、『あれぇおかしいなぁ～……あ！』って、なっちゃうかもねぇ」

ニヤニヤと笑うトト。

「……そう思いたければ、そう思えばよいでしょう」

ゼオスはそれ以上なにも言わなかった。

「ま、そーゆーことにしとこっか」

そして、トトもそれ以上は追求しなかった。

彼女自身が言ったように、あんな一言で活路を見いだせる者など、糸口を摑む者など、まずいない。

よほどのあきらめの悪いがんばり屋さんでもなければ。

そんな特殊な事例を、申請もないのに請け負うほど、査察天使は暇ではない。

そう思うことにしたのであった。

これで全てが終わった。

やっと解決した——そうとさえ思えるほど喜び合う一同であったが、まだ、最悪の問題が残っていた。

「お……おのれ………！」

一人取り残され、怒りに震える北の魔王である。

憎きゲイセント王朝の魔王を抹殺できたと思ったら、天界すら動かしたクゥの働きによって、彼の策は完全に潰えてしまったのだ。

「あ、まだいたのねアンタ」

一同はようやく彼のことを思い出し、メイに至っては、辛辣な言葉を投げつける。

「ふ、ふふふ……ふはははははっ!!」

悔しさに震えていた北の魔王であったが、突如、愉悦の嗤いを上げ始める。

「いいだろう！　負けを認めてやる！　今回は、な!!」

「なに……？」

その不穏な言動に、ブルーは眉をひそめた。

「忘れたか？　我は不死身よ、不死の存在よ！　時間は我に味方する！　何度でもやり直すまでだ！」

「その姿のアンタが言う……？　それが生き物の姿だっていうの！」

「くくく……だがなぁ、この状態は不便ではないぞ。なにせ霊体だ。いかなる物理干渉も受けぬ。貴様の光の剣でも、我は殺せぬぞ」

「くっ！」

メイの皮肉すら、北の魔王には通じない。

北の魔王は不死……正確に言えば、「死してなお死んでいない」状態。

一度死んでいる者を、二度殺すことはできない以上、彼を殺すことは不可能なのだ。

「そして、他者に宿れば、その体を支配できる。簡単な話だったのだ。肉体など衣も同然……破れてほつれたなら、捨てて新しくまとえばいい」

「妾の父や、モンブランにしたようにか！」

一族を百年以上、好き放題にされてきたホワイティが、怒りに震えていた。

「人類種族の聖者も、古くは語ったと言うではないか、肉体など一時のもの、捉われてはならない、とな」

その聖者が、激怒し、助走つけて殴って来そうな話であった。

「此度は失敗した。だが再び我はなにかしらの者の体にやどり、時を待つ。貴様ら限りある命の者はいずれ死ぬ。その時に、また動けば良い」

「同じことを何度もやって、通じると――」

好き放題な物言いに、メイが怒鳴りつけるが、それすらも北の魔王は嗤う。

「思っているさ。貴様らは自分たちが思っているほど、過去を教訓とできん」

メイやブルーは、北の魔王の存在と恐ろしさを知った。

しかし、それを語り継ぎ、備え続けることは難しい。

「事実、初代ゲイセントも、我のことを貴様らに伝えきれず死んだであろう？」

「ぐっ……！」

「理屈ではないぞ。我は実際に千年の間、ずっと見てきたのだからな」

十年や二十年なら守られよう、魔族ならば、百年や二百年を保つこともできよう。

しかし、世代を重ね、経験が記録になり、歴史に変われば、どんな災禍も、人は警戒できなくなる。

「お前たちの末裔が全てを忘れた頃に、我は戻ってくる。全く同じ手段を用いても、今度はうまくいくだろうな。くくくくくく……」

まるで、命を嘲うように、北の魔王は嗤った。

「待って!!」

立ち去ろうとする北の魔王を、クゥが引き止める。

「あなたに、聞きたいことがあります……イリューは、あの子は、一体何なんですか？」

「イリュー……？」

その名を聞いても、北の魔王は首をかしげる。

煽りや挑発ではない、心から「知らない」という顔であった。

「あなたの埋蔵金にかかっていた呪いです。〝死の呪い〟のイリューです！」

あの埋蔵金は、北の魔王が領民から搾り取って蓄えた財宝。

あれを見つけてしまったことで、初代魔王は〝死の呪い〟にかかり、それを免れるために、イリューを封印した。

そして、財宝を他の者が手にしないように、その上にダンジョンまで作ったのだ。

「ああ、あれか。そんな名前で聞くのでわからなかったではないか」

北の魔王は、イリューの名前すら忘れていた。

否、最初から知らなかったのだろう。

「あれは、我が不死の術を編みだす際にできた副産物よ。生物を、情報の集合体……生きた魔法とも言える状態に変換する呪法のな」

何百何千何万もの失敗の果てに生まれた、狂気の術。

「イリューは……元は生き物だったんですか……？」

「ああ、低級のな、ろくな力もない、ともすれば人間とも変わらぬ程度の弱小魔族よ」

クゥの問いかけに、北の魔王は予想外に饒舌に返す。

それは間違っても、親切心の類いではない。

むしろ、自分の実験結果を、誇っているようなものだ。

「データを取った後はな、用済みだったので、宝物庫に入れておいた。宝としてではないぞ？

番人だ。我が財に手を付けし者を殺せと命じておいた」

イリューは一種の情報生命体。

故に、命じられたコードに、逆らうことはできない。

睡眠すら必要としない彼女が、絶対に抗えぬ「殺せ」という命令は、そんな、「使用済みの実験動物の再利用」の感覚で押し付けられたのだ。

「我も忘れていたのだがな……思い出してな。今回の計画に使ってみた。それなりの効果はあったようだ」

「あなたは……あなたのそんな……軽々しい思いつきで、イリューは……」

イリューの千年の苦しみの大本が、あまりに無情な〝思いつき〟の果てと知り、クゥは怒りと悲しみに震える。

「奴めは死ぬことはない。我と同じで、そもそも〝死〟がないからな。またそのうち使うとしよう、百年後か千年後にな……くくく」

生命の尊厳を、かけらも理解しない髑髏の亡霊。

「…………」

その彼を、ゼオスがじっと見つめていた。

「なんだ天界の者よ。我になにか用か？　ヌシらになにか言われる謂れはないぞ」

「ええ、そうですね」

ゼオスは〝税〟の天使、ゆえに、それ以外のことに関しては、北の魔王がどれだけ極悪非道の悪人であろうとも、なにもすることはできない。

「ただあなた、〝ソウゾクホウキ〟がなされた時のことを、ご存じですか？」

「ああン？」

いきなり、謎掛け（なぞ）のように問われ、北の魔王は困惑する。

「魔王ブルーたちは〝ソウゾクホウキ〟を行いました。そしてそれは受理された。すなわち、誰にも相続されなかった財産が発生してしまったのです」

「だからどうした、我には関係ない」

「財産のうち、借金などの〝負の遺産〟は、遺族が誰も相続しなかった場合、債権者の元に返ります」

「かえ……る？」

その言葉を聞き、北の魔王の顔から、笑みが消える。

「まぁわかりやすく言えば、借金が返済されない。負債をそのまま、引き受けてもらうということです」

「し、知らん！　おぬしの言うことなど、聞く義理はない！　我は去る！」

ゼオスの冷たい眼（め）に見つめられ、なにかおぞましさを感じた北の魔王は、その場から立ち去ろうとした。

一刻も早く、ここから離れねばならぬという恐怖を覚えていた。

「それは無理」

その恐怖は正しかった。

彼は、聞こえぬ足音を聞いていたのだ。

「お前は……」

振り返ると、そこには、ボロ布のようなマントをまとった少女イリューが立っていた。

ゼオスは、ブルーを蘇らせる際、肉体もこの場に召喚した。

あくまで、〝ついで〟であったが、その結果、彼の肉体にかかっていた〝死の呪い〟も呼び出すことになった。

つまり、〝死の呪い〟の彼女もまた、この場に呼ばれる形になったのだ。

「負債は、あなたに引き受けてもらいます。これも〝ゼイホウ〟の理ですので」

今までで最も冷たい声で、ゼオスは事実を通告した。

「〝死の呪い〟を、引き受ける……?」

その一連の会話を聞いていたクゥは、事態を脳内で整理する。

北の魔王の遺した、埋蔵金の〝死の呪い〟――それは一種の負債。

埋蔵金を手にしてしまった初代魔王の血を継ぐ者たちを相続者とし、降りかかるはずだった。

だが、その相続は放棄された、ゆえに、一度死んだブルーは生き返った。

「相続が放棄された〝死〟が……もどった……」

それはすなわち、北の魔王自身に〝死の呪い〟が降り掛かったということである。

「私は呪い、生きる呪い、私はあらゆる者に、絶対の死を与える」

イリューは、鎌（かま）を振り上げる。

彼女の呪いは〝絶死〟の呪い。

それは、降り掛かった瞬間、「死が確定」する。

因果すら捻（ね）じ曲げ、相手に死を受け入れさせる。

勇者の剣でも、魔王の魔法でも防げない。

「やめろ、やめろ、来るな!?」

北の魔王は叫んだ。

彼が、千数百年ぶりに覚える感覚――死の恐怖であった。

「死ね」

「いやだぁああああ！」

イリューの鎌が振り落ろされ、北の魔王は真っ二つに切り裂かれる。

「ひ、ひいいいいっ!?　いぎゃあああああ!!」

〝死の呪い〟は、すでに一度死んだ者でも、もう一度殺す。

「いやだ！　いやだ！　死にたくない！　死にたくないいいいい!!」

体がボロボロと崩れだした北の魔王は、みっともなくあがく。

だがその願いは叶えられない。

手は崩れ、マントは崩れ、王冠も崩れ、砂粒のようになり、消え果てていく。

「死ぬのは嫌だ死ぬのは嫌だ!! 誰か助けて!! 神様!!」

悪魔の所業を繰り返し続けた者が、神の慈悲を乞うていた。

「助けてくれ! お願いだ! なんでもする、なんでもするからぁ!!」

もがき苦しみながら、北の魔王は、ゼオスたち天使に手を伸ばす。

この死を逃れる方法は、絶対神の力以外に存在しない。

「先程も申し上げましたが……」

ゼオスは、ただ、冷たい目で見下ろしながら、事実を告げる。

「私は税天使ですので、〝税〟に関すること以外は承れません。あしからず」

「があ────!?」

その一言が、とどめとなったように、北の魔王の体は砕け散る。

「死んだ、か………」

メイがポツリと呟いた。

だが、それは正確ではない。

元々、とっくに死んでいた者が、その死を認めなかっただけだ。

「なんて最後まで生き汚い」

「死ぬその瞬間まで、生きようとするのは、生命の本能だ。責められるべきことではない。だが……」

　その死に様を見て、ブルーも顔をしかめる。

「だが、アレは例外だと、思わざるを得ない……」

　死してなお、多くの者を苦しめた、名を語ることすら忌まわしいとされた者は、ついにこの世から、全ての痕跡を消したのであった。

「ありがとう、クゥ……」

　持っていた鎌を手放し、イリューは、笑顔のような泣き顔で、クゥを見る。

「やっと、悲願を果たせたよ」

　イリューは、この時を待ち続けていたのだろう。

　北の魔王同様、彼女も死ぬことができない。

「時間だけはたっぷりあったからね、考え続けたんだ。この呪いから解放される方法を」

　それこそが、「何者かが、死の呪いを跳ね返し、北の魔王自身に返す」であった。

　人を呪わば穴二つ……使い古された言葉だが、まさに「呪い」の本質を表している。

　何者かに害をなそうとした呪いは、返されれば必ず、発信元に戻る。

「いつか、この鎌をアイツ自身に振り下ろせる時が来るかもしれないという願いだけ」

千年の時を耐え続け、ようやく、彼女はそれを果たしたのだ。

「これで私は、自分を終わらせることができる」

「どういう、意味……？」

「私の存在意義は、消滅したから」

「なに……え……？」

イリューの言葉が、クゥは最初はわからなかった。

だが、〝ゼイリシ〟としての己が、一つの予測を組み上げる。

〝死の呪い〟のイリューは、北の魔王が遺した財産の一部。

それが誰にも相続されないとなれば、どこにも行くあてはない。

「存在意義を失った呪いは、ただ消えるだけだよ」

それは、イリューにはとうの昔にわかっていたのだろう。

わかった上で、全てを受け入れたのだ。

「待ってください！　そんな、それはあんまりでしょう！」

それを聞き、声を上げたのは、ホワイティであった。

「北の魔王の怨霊は、私の父や、モンブランを狂わせ、不幸にしました。あなたはその仇を討ってくださったようなものです……そのあなたが、消え去るなど、それは余りにも報われません」

おそらく、彼女の人生で、初めて自分から大きな声を出した瞬間であった。

ただ単に、父や縁者の仇を討ってもらったからだけではない。

あまりにも救われぬ「呪い」としてあり続けただけの彼女が、自分と重なったのだ。

「そうだな……今回の件、君は明らかな被害者だ。初代ゲイセント王が、君を救いきれなかったのは事実だ」

ブルーも声を上げた。

遺産の相続は放棄したが、さりとて、初代魔王が遺した禍根を、たった一人の少女に背負わせるなど、彼にはできなかった。

「なんとか……手はないだろうか、せめて、死んであげることはできないが、寿命をいくらか分け与えるとか……」

〝死の呪い〟が、〝命を奪うもの〟であるというのなら、命そのものを渡さずとも、命の一部……寿命を分け与えることで、彼女の存在を維持できるかもしれない。

「それ、いいの……？」

「百年や二百年程度、彼女の苦しみに比べれば、軽いものだ」

思わずメイは尋ねるが、ブルーの意思は変わらない。

「魔族の時間感覚はいまいちわからないけど、少ないもんじゃないでしょ」

「それでも、だよ……放ってはおけない」

ほんの少しでも、彼女に、まともな生を生きて欲しい。

それは、いつわらざるブルーの願いであった。

「ありがとう、その気持ちだけで嬉しいよ」

しかし、イリューはそれを、丁重に拒む。

「イリュー！　そんな、あきらめないで！」

「ううん、そういうことじゃないの。それはできない、そうだよね」

すがりつき、思い直させようとするクゥに、呪いの少女は悲しげに首を振ると、税の天使に目を向けた。

「そうですね」

ゼオスは、ただ淡々と、問いに答える。

「先程のやりとりを忘れたのですか？　あなた方は、絶対神アストライザーの名のもとに、北の魔王からの財宝の相続を放棄しました。イリュー……彼女は財宝にかけられた呪い、財宝の一部ともいえます。あなた方に、彼女をどうこうする権利はないのです」

選別しての相続は認められない。

全てを相続するか、全てを放棄するか、どちらかしかないのだ。

ゆえに、放棄の申請が認められたブルーたちは、放棄した財産の一部であるイリューに、干渉する権利がない。

その権利を捨てることが、〝ソウゾクホウキ〟なのだ。

「融通が利かなすぎるわよ！」

「法が融通を利かせすぎるほうが問題です」

メイが抗議するが、ゼオスの答えは変わらない。

「相続財産を、これは自分のもの、これはいらない、などと取捨選択できたら、負債逃れを行い、財産だけをせしめる者も現れます。そうなれば、債権者の泣き寝入りです」

「だから、今回はその負債の方の話でしょ！」

「法のもとに、正も負もありません。どちらも遺産です。個人の事情に合わせて、最も公正が保たれねばならない者が、判断を変えるわけにはいきません」

「あーもう！」

取り付く島もない正論、メイは悔しさに地団駄を踏むことしかできなかった。

「イリューはどうなるんですか……？」

「ゼイリシが聞きますか？　相続が放棄された財産は、誰のもとにも行きません」

クゥの問いにも、ゼオスは事実だけを告げる。

「つまり……消えてしまう……」

「…………」

変わらぬ現実に、クゥが膝をつきかけ、イリューが無言で目を伏せた。

「いえ」

「え？」

だが、戻ってきた返答は、想像にないものだった。

「こういった場合は、天界へと帰属します」

天界への帰属——出てきた言葉に、一同は困惑した。

「それって、天界のものになるってこと？」

「そうです。誰もいらないと言うのですから、天界が引き取るしかないでしょう」

メイに尋ねられ、ゼオスはしれっとした顔で返す。

相続者全員が相続放棄した財産は、最も公共性の高い者が引き取る。

〝ゼイホウ〟にはそう記されている。

この場合、それは天界になるのだ。

「ずっこい！　ずるいずるい！」

「ずっこくありません」

最後に全部総取りされたような気分となったメイが声を上げるが、ゼオスの表情は変わらない。そして——

「そうしないと、引き取れないものもある」

と言って、イリューを見た。

「ゼオスちゃん……アンタってさぁ、ホント言葉足りないわよ。わかりやすく言ったげないと」

「私は必要なことを過不足なく申し上げているだけです」

説明の足りない同僚を見かねて、査察天使のトトが口を挟んだ。

「ふふふ……つまりね、イリューちゃんだっけ？　アンタは天界が預かる」

「天界に……私が……？」

「っても、天界だって暇じゃないのよ。無駄飯食いはさせらんない。だから、ちゃんと働いてもらうよ」

戸惑うイリューに、トトはいたずらっぽい顔で微笑んだ。

それはつまり——

「アンタは天使になる。絶対神アストライザーの御許で、この世界の健やかなる運行を護る御使いとなってもらう。いい？」

「私……消えなくていいの……？」

放棄された相続財産の一部として天界が引き取るということは、天界のものになったということ、そうなれば、天界は「自分たちのこと」として、イリューを保護できるのだ。

「イリュー……よかったね！　消えなくていい、生きてていいんだよ！」

「あ、ああ……あああああっ!!」

「良かったねぇ、良かったねぇ」

「うん、うん……！」

まさに「天の助け」を知ったクゥとイリューは、泣きながら抱き合った。

泣きながら、笑っていた。

怨霊（おんりょう）として、千年生きた北の魔王とて、死の寸前は恐れて泣き叫んだ。

ましてや、まともな生を得られなかったイリューが、死を悲しまないわけはない。

無理やり抑え込んでいた感情が、一気に溢（あふ）れ出したのだろう。

「…………ふぅ」

「ねぇ、あのさ」

「なんです？」

一段落したとばかりに、息を吐いたゼオスに、メイが尋ねる。

「もしかして、全部アンタの計画通りだったの？」

ブルーの復活、北の魔王退治、そしてイリューの救済。

全てが、〝税〟をキーワードに、最善に向く流れとなった。

「言っている意味がわかりません」

しかし、ゼオスは認めない。

全ては、そうあるように動いた、と言うように、無表情のままであった。

「ただ……」

と、思ったら。

「納税とは、命令や強制をすればいいものではありません。理想は、『納得して納めていただく』です」

そして、ほんの少しだけ頬を緩め、未だ泣きながら抱き合って喜んでいる、クゥとイリューを見る。

「ご納得、いただけましたか？」

そして、メイに問いかけた。

「………！　ははっ、上々よ」

肩をすくめ、メイは応じる。

「……では、イリュー、行きますよ」

「う、うん」

このままではいつまでも嬉し泣きを続けそうなイリューに、ゼオスは別れを促す。

「緊張することはありません。天使たちの多くは、大なり小なり、あなたと同じような境遇の者たちです。きっと、仲良くなれるでしょう」

それを聞き、クゥはふと、なんの根拠もないが、思った。

「それ……ゼオスさん、あなたも、元は人間だったんですか？」

「…………」

「え？」

その問いかけに、ゼオスは答えない。

その代わりに、とても優しく、クゥの頭をなでた。

「ふわ……」

「まぁ……いろいろあったということです」

少しだけ、遠い目をして、税天使は言った。

彼女が今まで、どんな道を歩んできたのか、うかがい知ることのできないクゥは、ただ、その顔を眺めることしかできなかった。

そして――

「クゥ……ありがとう……」

ゼオスとトトに導かれながら、イリューは天へと昇っていく。

「いつか一人前の天使になったら……また、会いに来るね……」

「うん、待ってる！」

何度も振り返りながら、クゥへの感謝と、別れと、再会を約束する言葉を告げる。

「元気でね！　またね、イリュー、イリュー！」

手を振るクゥに、イリューもまた、笑顔で手を振って、そして……

輝く雲の上に、その姿は消えた。

終章 「そう思うのはあなた方の勝手です」

それから数か月後——

「ぬがあああああっ!! 金が、金がない!!」

「う〜ん、来月の支払いをどうするかだねぇ」

魔王城執務室にて、大量に山積みされた請求書を前に、メイが叫び、ブルーが肩を落としていた。

「埋蔵金手放しちゃったからねぇ。当座の現金がないからねぇ」

埋蔵金を〝ソウゾクホウキ〟したことで、ブルーは〝死の呪い〟を免れた。

だが、同時に、せっかく手に入れた埋蔵金も、全て天界に没収されてしまった。

「また同じことに苦しむことになるとは!」

その結果、次の支払いのための現金が足りず、一周回って元の木阿弥な絶賛大ピンチ中なのだ。

「まいど、なんや大騒ぎでんな」

「陛下、今よろしいでしょうか?」

そこに現れたのは、以前にメイが呼んだ商人のマルカールと、魔王城の倉庫番、リビングメイルのジョルジュであった。

「珍しい組み合わせだね、どうしたんだい？」

「へい、魔王城の倉庫の中を、なんか売れそうなもんがないかと漁ってまして」

なんと彼ら二人、あの大騒動の間も、騒ぎには目もくれず、ひたすら倉庫のガラクタの鑑定に勤しんでいたのだ。

「アンタ、あれからずっとやってたの」

「こちらの鎧の旦那にも手伝ってもうて」

「ども」

呆れるメイに、マルカールとジョルジュは、どこか得意げであった。

あまりにも作業に没頭していたので、ホワイティの号令一下、今は撤退した邪王家の兵士たちも、放置していたらしい。

ちなみに、邪王家は、モンブランの死もあって一時混乱していたものの、良識派の家臣をまとめ上げ、もちなおし始めていた。

「それで、なにかあったのかい？」

魔王城の倉庫の中は、代々の魔王のもてあました、結婚式の引き出物や葬式の返礼品などばかりであったはずだ。

「へぇ、だいたいこんくらい程、値の付くモンがございまして」

　ブルーに問われ、マルカールは作成した買取見積書を見せる。

「なによ、どーせまた二束三文……ん……んんっ!?　な、なにこの高額！」

　それを見たメイは、驚きに声を上げる。

　そこに書かれた金額は、次の支払いを行っても、まだ余るほどであった。

　少なくとも、しばらく財政を安定させるには十分な額である。

「あの蔵にそんな高価なものがあったのか？」

「へぇ、これですわ」

　これだけの価値のあるものが納められていたなど、ブルーの記憶にはない。

　戸惑う二人にマルカールが見せたのは、それこそ、倉庫の中に転がっていた、「引き出物の皿」であった。

「あと、カトラリーセットや、クリスタルの置物、それと花瓶などでんな」

「あんな使い所が制限されるような代物たちが！」

「ところがどっこいでしてな」

　困惑するブルーに、マルカールは説明する。

「これらが作られたんは、少なく見積もっても五〜六百年前ですわ。もうこの頃の製造法は、人類種族側には残ってませんねん」

　技術というものは、進歩しすぎてしまうと、古の製法が継承されず失われることがある。

その結果、古代においては日用品として用いられた物が、現代においては美術品としての価値を得ることもあるのだ。

「例えばこのカップ、この釉薬の付け方は、すでに失伝されてますねん」

「魔族の時間感覚だと、数代前の不用品なんだろうけど、人類種族からしたらとんでもない骨董品だったのね」

意外な展開に、メイは感心した。

魔族からすればただのガラクタが、積もり積もって莫大な富になっていたのだ。

「黒字倒産の危機は回避されたか……しかしなんとも皮肉なもんだなぁ、埋蔵金なんて探さなくても、宝の山は城の中にあったわけだ」

「まったくね〜」

ブルーとメイ、二人揃って苦笑いをした。

死んだり生き返ったり、御三家や天界まで巻き込んだ大騒ぎは、よく探せば回避できた禍だったのだ。

「あ、そうだ！」

だが、決して無駄ではなかった。

それを思い出したメイは、マルカールに一つ、要求をした。

「マルカール！　このこと、ここだけの話にしておいて。他には話さないでよ！」

「なんでんのん⁉　まさか……脱税の片棒担がせようやなんて言いませんやろな」

「言いやしないわよ、ちゃんと帳簿には記入するわよ」

収入の過少申告は、〝ゼイホウ〟にも記された大罪である。

「そもそも、魔王城の会計、税天使に睨(にら)まれてんだから……」

以前の税務調査以降、税天使がいつ現れるかわからない状態で、そんなことはできない。

「ほな、なんでまた……？」

「〝一括で返済できる〟ってわかったら、来る口実がなくなるでしょ？」

重要なのは、それではなかった。

まとまったお金が入ったと、知られたら困る理由があったのだ。

そこに、翼のはためく音が聞こえる。

「ああ、今月も来たみたいだね」

「まったく、真面目に仕事してるわねぇ」

その羽音を聞いて、ブルーが笑い、メイは肩をすくめた。

「はい？」

困惑するマルカールに、メイは窓を指差す。

そこからは、魔王城のテラスが見える。

魔王城の中で、一番日当たりのいい場所である。

そこにいたのは、クゥと、そして――天使となったイリューであった。

「こんにちは！　今月の支払いの督促に来たよ！」

「お疲れ様イリュー、今日も時間ぴったりだね」

二人は楽しそうに言葉を交わしていた。


「あれは……天使でっか？　初めて見ましたわ」

「まだなりたての新米なんだがね」

目を丸くしているマルカールに、ブルーはほほえみながら言う。

「なんか督促とか言うてましたけど……」

「まぁその、複雑な事情があってねぇ～……」

メイは少しばかり苦い顔になっていた。

ブルーたちは、埋蔵金の相続を放棄した。

誰も受け取り手のいない財宝は、天界に帰属する……つまり、天界の金になってしまった。

しかし、彼らは四か月前に、埋蔵金の一部を、取引先への支払いに使ってしまっていた。

故に、その「使った分」の、天界への返済義務が発生したのだ。

「天界に借金作っちゃってねぇ」

額が高額なので、返済期限をできるだけ延ばし、月賦で返済することにしたのだ。

「んで、その支払い日になると、あの新米の〝督促天使〟が回収に来るのよ」

「は～……しかしその……その割りにはなんとも、和気あいあい……」

税の天使や査察の天使がいるのだ、督促の天使がいてもおかしくないだろう。

そんな理由だけではなく、マルカールは不思議そうに窓の外の光景を見る。


「イリュー、今日はゆっくりできるんでしょ？　一緒にご飯食べよう！　そうだ、今日はね、アップルパイ焼いて貰う約束なんだよ。食べたことなかったよね？」

「アップルパイ……それすごく美味しいんだよね！」

「うん、きっとイリューも大好きになると思うよ！　みんなで、いっしょに食べよう！」

督促の天使——すなわち、天界からの借金取りである。

古今東西、借金取りが現れることを、笑顔で待ち望む借り主などいない。

二人の姿は、ただの、どこにでもよくいる、仲のいい同年代の友人同士のそれであった。

「まったく、あのムッツリ天使も、まさかあの子に借金の取り立てに来させるなんてね」

イリューーに来られては、メイやブルーも無下にはできない。

むしろクゥなどは笑顔で歓待してしまうだろう。

借金の踏み倒しなど、絶対にできない相手である。

「どうかな……」

「なに？」

だが、ブルーは少し、違う感想であった。

「もしかしてこれも全部、彼女の計画なのかもしれないよ」

「………ありうるわ」

見習いの天使に、下界の友だちに会いに行けるように取り計らった。

だが多分、あの無表情で無愛想な税天使ならば、きっとこう言うだろう。

「そう思うのはあなた方の勝手です」と——

それを想像した二人は、揃って大笑いした。

かくして今日も、魔王城は平和であった——

了

あとがき

はい、というわけで「剣と魔法の税金対策」二巻です！

やったー、わーい、でたよー！

なので、発売を記念し、先の一巻で「以下続く」としていた、今作を私が書くきっかけとなった、税務調査を喰らったお話です。

そもそも、なぜ税務調査がやってきたのか。

私が脱税をしていた？　結論から言います。NOです。

というのもですね、私は「作家業」――一般的には「文筆業」で申告しています。

それにかかる経費が、果たして適当・適切であるのか……それに、疑問を持たれたのです。

ぶっちゃけ、仕事柄、「資料代」「取材費」が多いんですよ。

特にこの数年、諸々の仕事の関係で、特に増えたので。

その割合が、収入規模に対して多すぎたため、調査対象になってしまったのです。

んで、どうなったかというと、これも結果から言いますが、問題なしでした。

なぜか、簡単な理由です。

直接我が家まで来ていただき、見ていただいたからです。

そしてどうなったかというと――……おおっとなんということだ！

またしても、またしてもページがもうない！

この続きは、是非とも三巻でお送りしたいと思います！（なのでよろしくねという視線）。

さて、それでは例によって、謝辞などを……

三弥カズトモ様！　今回も素晴らしいイラストありがとうございます！

担当Y氏、諸々、ご面倒、ご負担をかけてしまい、申し訳ありません！

コミカライズ担当の蒼井ひな太様、こちらでも重ねて、ありがとうございます！

帯コメントをくださった井上純一先生、恐縮です！

校正様、デザイナー様、印刷所、流通、書店の皆様、大変な中、頭が下がります。

T田馬場のOさん、プッシュ、アザマス！

そしてなにより、本書を手にとってくださった皆様に、心からの感謝を！

それではまた、三巻でお会いいたしましょう！

次なる税は、あなたのすぐそばに！

SOW

㋐にかかった飲食代」などです。「業務にかかった」と言うと、堅苦しく感じますが、例えば、「訪問した取り引き先へのお土産」や、逆に「来訪した取り引き先の人に出したコーヒー代」などもこれです。ささいな額でも、年単位で集めれば相当なものです。また「業務にかかった」も、決して「直接利益が発生する関係」とは限りません。例えば、同業者の人との飲食会合。これらも、「新しいコネクション」や「情報交換」を得るための場と認められます。自由度の高い項目なので、見落とさないようにしましょう。

あ、そうそう。「税理士を雇う契約料」も、「支払手数料」という、立派な経費なんですよ。

基礎控除 [きそこうじょ]

文字通り、「基礎」となる控除です。どのような職業であろうとも、一律に適用される非課税分です……と言いたいところなのですが、近年、いろいろ改正がされました。以前は、所得、職業に関わらず、一律３８万円が「基礎控除」でした。この金額の所得には、税金が発生しません。税金とは基本的に、「経費を使えば安くなる」なのですが、それは「従業員の給料（人件費）や、設備投資（機材費）などでお金を使い、社会にお金を還元させる」ためでもあります。

ですが、使いすぎて蓄えがないと、それはそれで困ります。いざというときの備えがないわけですからね。なので、「使わなくてもいいお金」が基礎控除なのです。それが、今年度（令和２年度収入分）から、４８万円に変わりました。ただし、これは「一定額以下の所得の人」です。

それ以上の人は、むしろ上がります！　中には、基礎控除が、０円になる人も!?　え～、その基準は……

「２４００万円以上の人は基礎控除額３２万円」。

「２４５０万円以上の人は、１６万円」。

「２５００万円以上の人は０円」です……

ちなみに、平成２９年度厚生労働省調査、「所得の分布状況」によると、「２０００万円以上の所得の世帯」の割合は、１．３％です……。大半の方にとっては、「基礎控除が増えた」つまり「税金が安くなった」と考えて、問題はないのかもしれませんね。確定申告の際など、気をつけましょう。基礎控除、これがないと、だいたい、生涯でもろもろ全部合わせて、４～５００万円くらい税額が変わります。税制の基本の一つ、「チリも積もれば山となる」です。

さて、いかがだったでしょうか？　意外と、知らなかったことも多いのではありませんか。「正しい納税は、正しい税知識から」です。それでも困ったときには、お近くの税理士に相談しましょう。いつでも、ご相談ご依頼、お待ちしております♪

“ゼイリシ”クゥ・ジョの

出張税務相談

It's a world dominated by tax revenues. And many encounters create a new story

どうも！　またお会いしましたね。ゼイリシのクゥ・ジョです！　今回も、よくわからない税金のアレコレに関して、ちょっとした補足説明をさせていただきます。だいじょうぶ、税金は怖くありません！　ちなみに、こちらでは、わかりやすくするため、「日本の税制度」に基づいて解説しますね。

収入と所得 【しゅうにゅうとしょとく】

この二つ、同じものと思っている人が多いですが、別物です。収入とは、「その年に得た売り上げ、報酬の金額」です。 その中から、「その収入を得るためにかかった経費」や「各種控除」を差引いたものが、「所得」となります。税金は、この所得に課税されます。この「かかった経費や控除」を申告し、正確な課税額を確定させるから、「確定申告」というのです。 この申告をしないと、「納めなくていい税金」を納めたり、「納めなければいけない税金」を納めてなかったりすることになります。

前者なら大損ですし、後者は一種の脱税行為になるので、罰則対象となります。また、申告を行うことで、その人の収入状態……要は、「お金持ちかそうでないか」が、公的に認証されるので、所得の少ない人は、納税額が減ったり、また様々な公的な支援を受ける資格を得られたりします。とても大切なものなんですよ。

経費 【けいひ】

さて、ではその収入から差し引かれる「経費」とは何でしょう。上で言ったように「その収入を得るためにかかった費用」です。一番わかり易いものだと、お店の家賃などですね。

商品があっても、売る場所がなければ商売はできません。

また、電気代や水道代、ガス代などの光熱費。電話代やネットなどの通信費。他にも、商品を運ぶための運送費、ポスターやチラシなどの宣伝広告費。人を雇ったならば、人件費も立派な経費です。また「接待交際費」というものもあります。意外と見落とされがちですが、「業務 ⇗

参考資料：『相続税を払うヤツはバカ!』（ビジネス社）　『キミのお金はどこに消えるのか　令和サバイバル編』（KADOKAWA）
『図解分かる税金』（新星出版社）　『いちばん親切な相続税の本　2020年版』（ナツメ社）　国税庁ウェブサイト https://www.nta.go.jp/

GAGAGA
ガガガ文庫

剣と魔法の税金対策2

SOW

発行	2021年4月25日　初版第1刷発行
発行人	鳥光 裕
編集人	星野博規
編集	湯浅生史
発行所	株式会社小学館 〒101-8001 東京都千代田区一ツ橋2-3-1 [編集]03-3230-9343　[販売]03-5281-3556
カバー印刷	株式会社美松堂
印刷・製本	図書印刷株式会社

Printed in Japan　ISBN978-4-09-451898-6